IN 200 RÄTSELN um die WELT

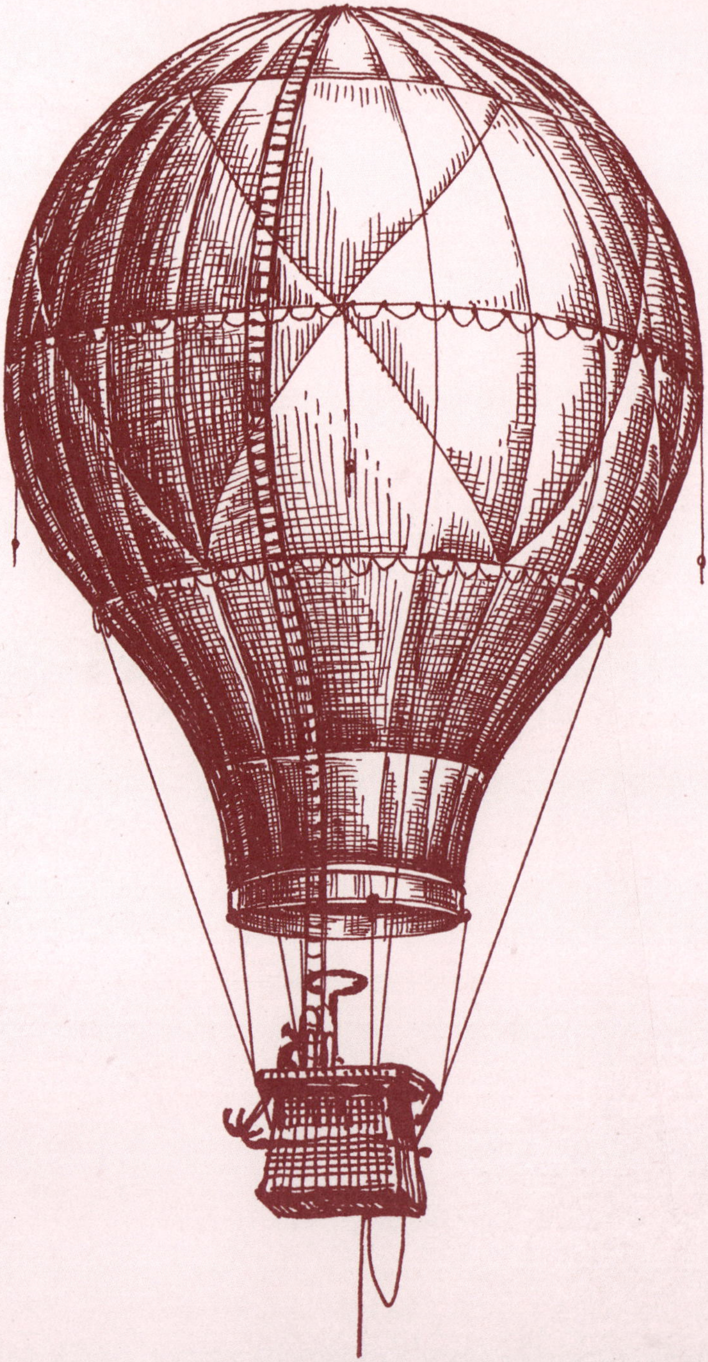

IN 200 RÄTSELN um die WELT

Dan Moore

Originaltitel: Around the World in 200 Puzzles
Autor: Dan Moore

Konzipiert und produziert von:
Quarto Publishing plc,
ein Imprint der Quarto-Gruppe
The Old Brewery
6 Blundell Street
London N7 9BH

Redaktion: Kate Burkett
Design: Hugh Schermuly
Deputy art director: Martina Calvio
Art director: Gemma Wilson
Herausgeberin: Samantha Warrington

Deutsche Übersetzung: ARTHISTICO Holger Möhlmann
Redaktion: Oliver Christian Weber

Gedruckt in China

ISBN 978-3-625-18681-6

www.naumann-goebel.de

FSC www.fsc.org
MIX
Papier aus verantwortungsvollen Quellen
FSC® C016973

INHALT

★ ★ ★

EINLEITUNG

★★★

Unter einer hedonistischen Tretmühle versteht man die Tendenz vieler Menschen, beständig zu glauben, man müsse immer weiter vorankommen, um in der Welt zu bestehen. Aber je mehr Erfolg jemand hat, desto größer werden seine Hoffnungen und Erwartungen, und jedes Glücksgefühl ist nur von kurzer Dauer. Als sehr soziale Wesen vergleichen wir unsere Lebenssituation ständig mit der unserer Mitmenschen. Wenn wir uns ein neues Auto kaufen, sind wir glücklich. Doch wenn unser Nachbar sich danach ein besseres Auto zulegt, sind wir wieder unglücklich. Und obwohl alle ständig voranschreiten, haben wir zumeist das Gefühl, auf der Stelle zu treten.

Einen erfrischenden Kontrast hierzu bildet das Feld der Wissenschaft und Technik, auf dem Fortschritte klar erkennbar sind. In besonderer Weise gilt dies auch für Jules Vernes berühmten Roman *In 80 Tagen um die Welt*, auf den sich die Rätsel in diesem Buch beziehen. Die Vorstellung, die Erde in 80 Tagen zu umrunden, erschien damals so abenteuerlich und verlockend, dass Verne ihr ein ganzes Buch widmete. Darin wettet die Hauptfigur Phileas Fogg mit den anderen Mitgliedern des Londoner Reform Clubs um 20 000 Pfund, dass er tatsächlich so schnell um die ganze Welt reisen kann. Betrachtet man das Ganze aus der Perspektive des 21. Jahrhunderts und nach Jahrzehnten Erfahrung mit dem Flugverkehr, so ist die Reise von Phileas Fogg allerdings nur deshalb bemerkenswert, weil sie so unglaublich lang dauern sollte. Der Hase ist zur Schildkröte geworden – ein Fortschritt, in der Tat.

Die Rätsel in diesem Buch beziehen sich allesamt auf den Roman oder auf das Viktorianische Zeitalter im Allgemeinen. Es finden sich auf diesen Seiten also keine Flugzeuge oder Mobiltelefone, stattdessen kann man sich hier vom digitalen Wahnsinn erholen. Die Rätsel sind verschiedenen Kategorien zugeordnet, und oberhalb eines jeden Rätsels ist die Rubrik angegeben, zu der es gehört. Wenn Sie also bestimmte Rätsel bevorzugen und diese zuerst lösen möchten, finden Sie sie auf diese Weise leichter.

Es gibt Kategorien wie etwa Gedächtnistraining, Mathematik, Kreativität, Problemlösung oder Um-die-Ecke-Denken. Die Lösungen zu allen Rätseln finden sich hinten im Buch, mit Ausnahme der Kreativrätsel, für die es keine vorgeschriebenen Lösungen gibt. Zu den Rätseln, bei denen um die Ecke gedacht werden muss, sind Lösungen angegeben. Doch alternative Antworten sind jederzeit willkommen, sofern sie plausibel sind.

Der Schwierigkeitsgrad variiert von Rätsel zu Rätsel: Einige lassen sich in wenigen Minuten lösen, während andere deutlich schwerer sind und mehr Zeit in Anspruch nehmen. Es sind bewusst keine Schwierigkeitsgrade angegeben, sodass Sie selbst beurteilen können, wie leicht oder schwer ein bestimmtes Rätsel ist. Eine Ausnahme gibt es allerdings: Zwei besonders schwierige Rätsel sind als solche gekennzeichnet. Um sie zu lösen, sind unterschiedliche Fähigkeiten erforderlich. Beim ersten kommt es auf logisches Denken, einen Blick für Details und das Anwenden eines ganz bestimmten Lösungswegs an. Beim zweiten muss man ein wenig um die Ecke denken, um herauszufinden, was man für eine erfolgreiche Lösung des Rätsels braucht. Doch auch wenn diese beiden Aufgaben schwer sind, so sind sie doch auf jeden Fall lösbar, und Sie sollten sich durchaus daran versuchen – am besten wenn Sie sich gerade besonders stark fühlen. Die Lösungen zu diesen verteufelt schwierigen Rätseln finden Sie ganz hinten im Buch.

In welcher Reihenfolge Sie die Rätsel lösen, bleibt ganz Ihnen überlassen. Jedes Rätsel steht unabhängig für sich, sodass Sie vorgehen können, wie Sie wollen – vom Anfang zum Ende, nach Themengruppen geordnet oder indem Sie das Buch einfach irgendwo aufschlagen und sich mit den Aufgaben beschäftigen, die Sie auf der entsprechenden Seite finden.

Phileas Fogg muss auf seiner achtzigtägigen Reise viele Unannehmlichkeiten und Strapazen in Kauf nehmen, doch am Ende erreicht er sein Ziel. Begleitet wird er bei seiner Weltumrundung ganz oder teilweise von seinem neuen Diener Jean Passepartout, von einem Detektiv namens Fix, der ihn festnehmen soll, und von seiner zukünftigen Frau Aouda. Ich hoffe, Ihnen gefallen die Rätsel in diesem Buch und Sie können sie mit Erfolg lösen, auch wenn es ein paar harte Nüsse zu knacken gibt. Vielleicht bekommen Sie ja sogar Lust auf ein paar echte Abenteuer in Ihrem eigenen Leben – und folgen auf diese Weise Phileas Foggs imaginären Fußstapfen.

★ ★ ★

DER ELEFANT IM ZIMMER

Logik

★★★

Mordechai, dem Dompteur im Zirkus, war das scheinbar Unmögliche passiert – er hatte seinen Elefanten verloren! Finden Sie den Weg ins Zentrum des Labyrinths, wo der Elefant sich versteckt?

EINKAUFSLISTE

Mathematik

★★★

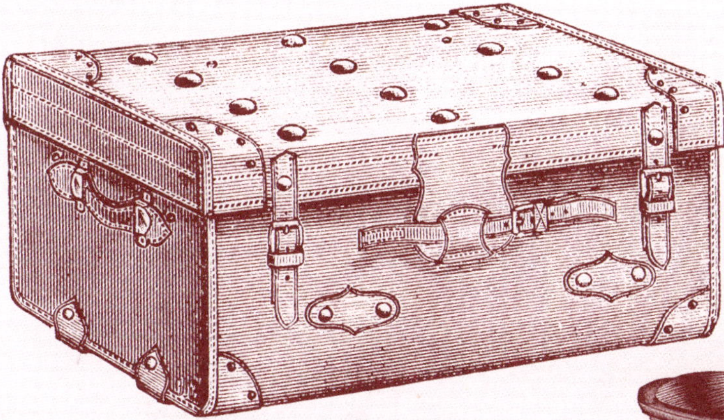

Bevor sie auf ihre Weltreise gingen, wurde Passepartout von seinem Herrn losgeschickt, um einige wichtige Besorgungen zu machen. Er sollte Rasierzeug und einen kleinen Koffer kaufen. Fogg gab ihm eine Ein-Pfund-Note für die Einkäufe und das Taxi. Können Sie ausrechnen, wie viel er ausgab und wie viel ihm von dem Pfund übrig blieb?

3 Rasierpinsel:
5 d und 1 halber Penny pro Pinsel
1 Rasiercreme: 8 d und ein Viertelpenny
1 kleiner Koffer: 10 s 9 d
Taxigeld: 1 s 6 d

Vier Viertelpennys ergeben einen Penny (1 d), zwei halbe Pennys ergeben ebenfalls einen Penny, 12 Pennys ergeben einen Schilling (1 s), und 20 Schilling ergeben ein Pfund (£ 1).

VIER RÄDER GUT, ZWEI RÄDER SCHLECHT

Logik

★★★

Bertram war sich sicher, dass vierrädrigen Fahrrädern die Zukunft gehörte. Doch es fiel ihm schwer, seine Freunde davon zu überzeugen. Also veranstaltete er mit zweien von ihnen – Cecil und Edmund – eine Wettfahrt, um zu beweisen, dass sein Rad am schnellsten fuhr. Einer der beiden Freunde trat mit einem Zweirad gegen ihn an, der andere mit einem Dreirad. Können Sie anhand der unten stehenden Angaben herausfinden, wer welches Rad fuhr und wie wer im Rennen abschnitt? Versuchen Sie, das Rätsel im Kopf zu lösen, und tragen Sie die Lösung direkt in die Tabelle ein.

Zu seiner großen Enttäuschung gewann Bertram das Rennen nicht. Der Fahrer des Zweirads gewann. Edmund kam vor Cecil ins Ziel. Cecil hatte weder die wenigsten Räder an seinem Rad, noch lief er als Zweiter ein.

Name	Anzahl der Räder	Rang
Bertram	Vier	
Cecil		
Edmund		

AUF EURE RÄDER!

Mathematik

★★★

In einem Wettbewerb für Zweiradartisten werden für verschiedene Kunststücke je nach Schwierigkeitsgrad die Punktzahlen 1 bis 10 vergeben. Finden Sie anhand des Bildrasters die Punktzahl für jedes der vier gezeigten Kunststücke heraus.

16 30 20 20

24 — 1  =

21 — 2  =

22 — 3  =

19 — 4  =

ZEBRASTREIFEN

Wahrnehmung

★ ★ ★

Um sein Droschkenunternehmen zu etwas ganz Besonderem zu machen, ersetzte Archie seine Pferde durch Zebras. Doch es gab ein Problem, das er bei den Pferden nicht gehabt hatte – er konnte die Zebras nicht auseinanderhalten. Können Sie erkennen, welches von ihnen anders aussieht als die anderen?

1

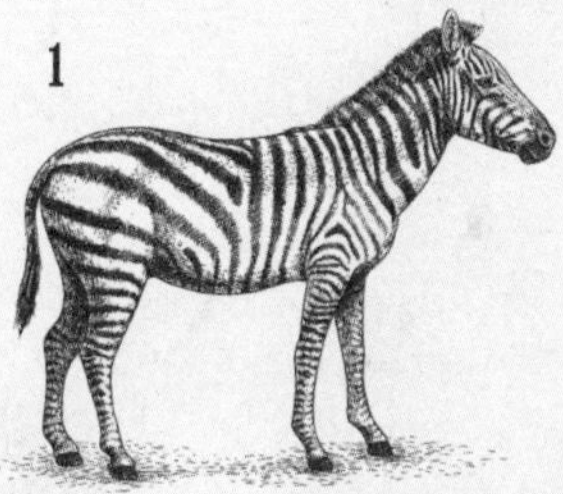

2

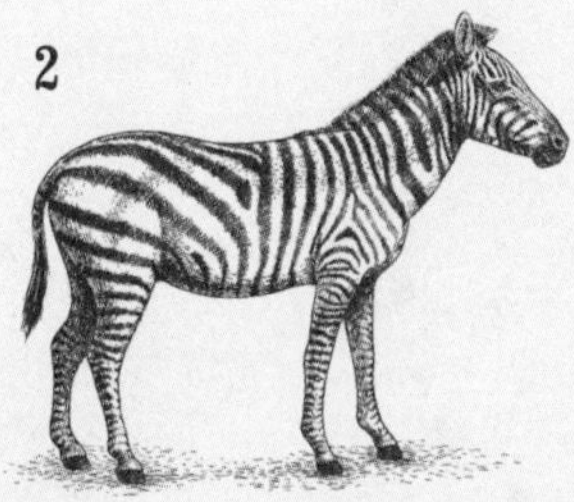

3

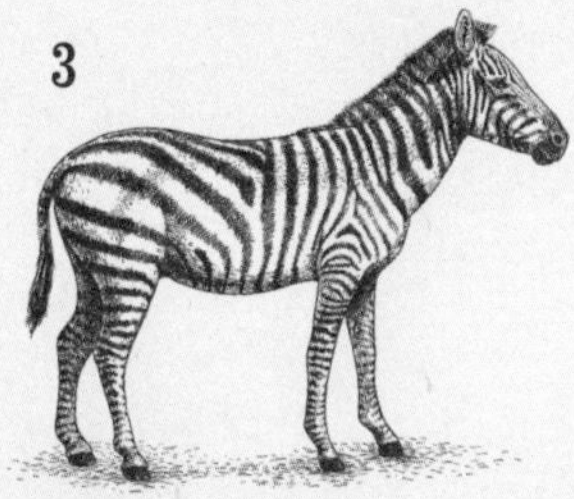

4

5

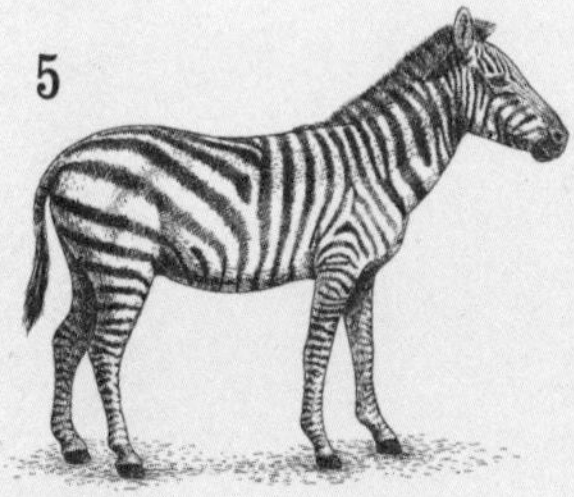

6

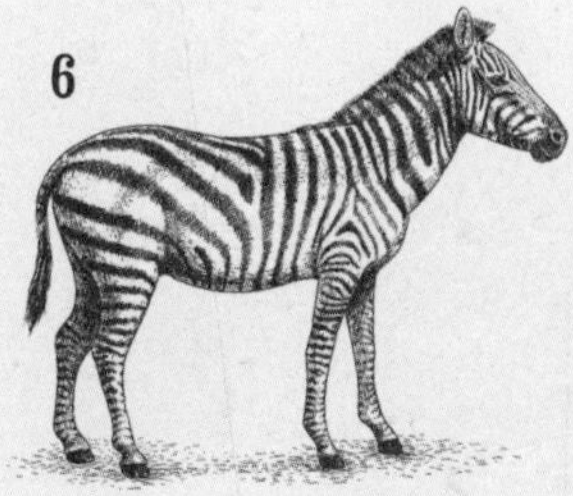

7

8

9

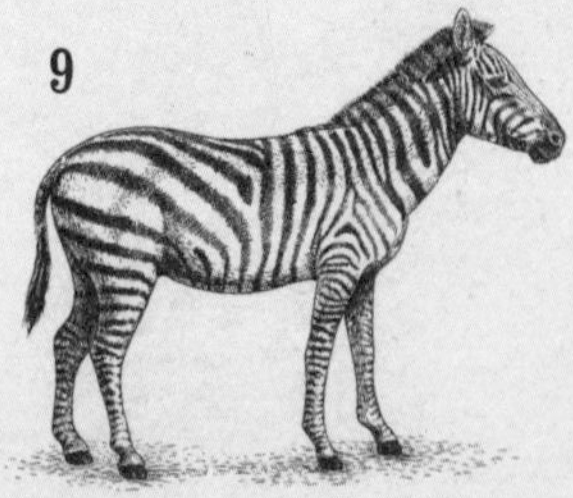

MIT VOLLDAMPF VORAUS!

Logik

★ ★ ★

Walter war begeistert von seiner selbstgebauten Miniatur-Dampflok und war nun eifrig dabei, eine Gleisanlage zu konstruieren, um die Lok auf ihr zu testen. Können Sie das unten stehende Rätsel lösen und die Form der Strecke herausfinden?

Vervollständigen Sie die Gleisanlage, sodass sie von ihrem Ausgangspunkt A zum Endpunkt B führt. Die Strecke führt entweder gerade durch ein Kästchen durch oder biegt in einem Winkel von 90 Grad ab. Die Strecke darf sich selbst nicht kreuzen. Aus den Zahlen an den Rändern des Rasters wird ersichtlich, wie viele Teilstücke der Strecke sich in jeder Zeile und Spalte befinden.

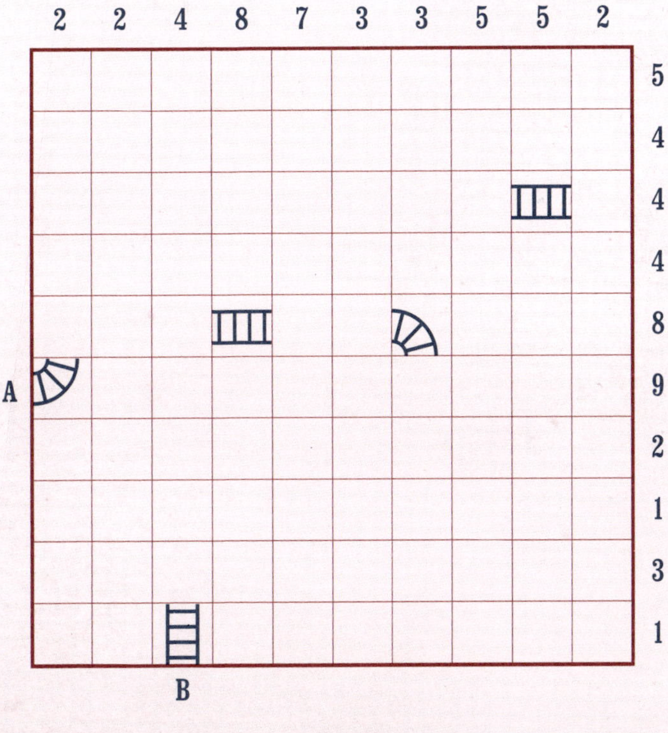

HOCH HINAUS

Mathematik

★★★

Eugene war schon immer eine Art Überflieger gewesen, und jetzt war er im wahrsten Sinne des Wortes in neue Höhen aufgestiegen, denn er hatte einen Wettbewerb gewonnen, bei dem es darum ging, wer am höchsten fliegen konnte. Der Drittplatzierte hatte eine Höhe von 8 Metern über dem Boden erreicht. Der Zweitplatzierte hatte 20 Prozent mehr erreicht, und Eugene hatte dessen Ergebnis wiederum um 25 Prozent übertroffen. Welche Höhe hat Eugene erreicht?

UP TO DATE

Um die Ecke gedacht

★★★

Bertha hatte mit ihren reichen Schwestern Ida und Clara eifrig die Welt bereist. Doch der ständige Wechsel von Stadt zu Stadt und von Land zu Land hatte ihr Zeitgefühl völlig durcheinandergebracht, und sie wusste nicht mehr, welcher Tag gerade war.
Sie fragte Clara danach, und ihre schelmische Schwester gab ihr folgende Antwort: *„Der Tag nach vorgestern war Donnerstag, und der Tag vor übermorgen ist Samstag. Weißt du jetzt, welchen Tag wir haben?“*
Doch das brachte Bertha nur noch mehr durcheinander. Wissen Sie, um welchen Tag es sich handelt?

EIN ETWAS ANDERES BALLSPIEL

Problemlösung

★★★

Phileas Fogg traf auf seiner Reise viele interessante Leute. Eine seiner spannendsten Bekanntschaften war die mit einer Hellseherin, die tief in ihre Kristallkugel schaute, um seine Zukunft vorherzusagen: *„Sie werden Ihr Ziel genau dann erreichen, wenn Sie mit Sicherheit wissen, dass Sie es nicht erreicht haben"*, erklärte sie geheimnisvoll. Danach sagte sie, ihr Geist sei so stark, dass sie mit seiner Hilfe nicht nur in die Zukunft sehen, sondern auch kleinere Gegenstände bewegen könne.

Fasziniert von ihrem Geschick mit der Glaskugel holte Fogg ein hölzernes, labyrinthähnliches Spiel mit einer Kugel aus seiner Jackentasche hervor. Er bat die Dame, die Kugel ans Ziel zu bringen – natürlich nur mit der Kraft ihrer Gedanken. Ganz ähnlich können Sie sich im Kopf zurechtlegen, wie Sie das Spielfeld neigen müssen (nach oben, unten, links oder rechts), um die Kugel auf das rote Feld ganz unten rechts zu bringen. Mal sehen, ob Sie es in 14 Zügen schaffen …

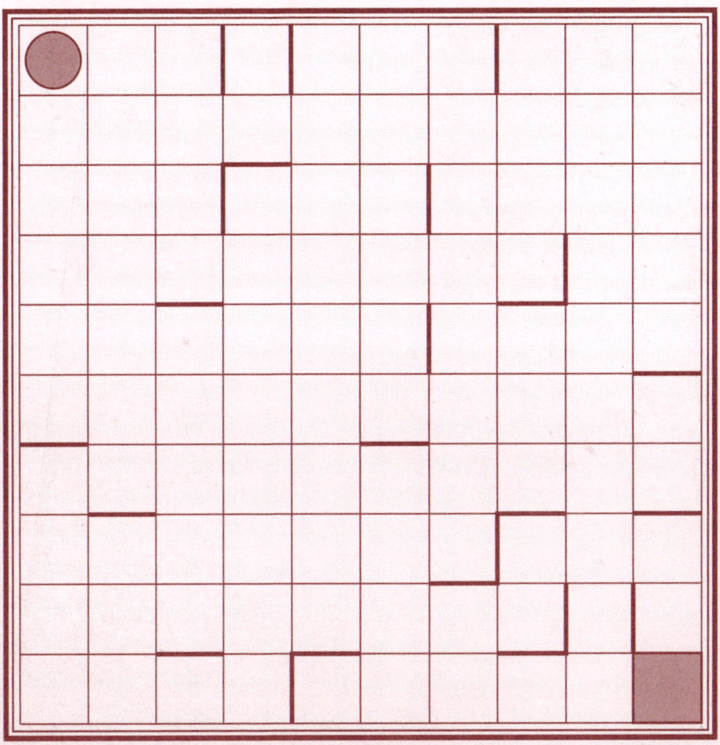

DER SCHWEIGSAME KUTSCHER

Um die Ecke gedacht

★★★

Bevor er seine Weltreise antrat, machte Fogg einen kleinen Ausflug, um einen Freund zu besuchen. Wie üblich hielt er eine Pferdedroschke an, und der Kutscher zeigte ihm ein Blatt Papier, auf dem stand, dass er taub sei. Fogg nickte und stieg schweigend in die Kutsche. Der Kutscher konnte Fogg nun nicht mehr sehen, also konnte er auch nichts von seinen Lippen ablesen oder andere sichtbare Hinweise von ihm bekommen. Fogg wiederum konnte sich nicht nach vorn beugen und dem Kutscher auf die Schulter tippen. Auch hatte er zuvor kein Wort mit ihm gesprochen. Trotz alledem brachte ihn der Kutscher genau dorthin, wo er wollte. Wie war das möglich?

DAS WÜRFELSPIEL

Problemlösung

★★★

Detektiv Fix und Passepartout hatten auf dem Schiff gerade ausgiebig zu Mittag gegessen. Da die See etwas unruhig war, hatte keiner der beiden Lust aufzustehen und den Kaffee zu holen. Fix schlug vor, das Problem mit zwei Würfeln zu lösen: *„Wenn Sie mindestens eine Fünf oder Sechs würfeln, holen Sie den Kaffee, ansonsten mache ich es – ist das fair?“* Passepartout nickte selbstgefällig, denn er dachte sich: *„Da ein Würfel sechs Ziffern hat, beträgt die Wahrscheinlichkeit, dass ich eine Fünf oder Sechs würfle, nur eins zu drei, und das erhöht meine Chancen.“* Doch wie hoch ist die Wahrscheinlichkeit, dass mindestens einer von zwei Würfeln auf einer Fünf oder Sechs landet, wirklich? Hat Passepartout recht?

CODENAMEN

Problemlösung

★ ★ ★

Detektiv Fix machte sich kurze Notizen darüber, was Phileas Fogg auf seiner Reise tat und vor allem, wen er traf. Das war nötig für den Fall, dass diese Bekanntschaften in einem Prozess eine Rolle spielten, der stattfinden könnte, nachdem es ihm endlich gelungen sein würde, Fogg nach London zu bringen und der Justiz zu übergeben. Seine Notizen schrieb Fix in einem Code nieder, sodass niemand, der sie zufällig fand, herausfinden konnte, worum es ging.

Wenn PASSEPARTOUT = QCVWJVHZCYFF und AOUDA = BQXHF war, wie lautete dann der Code für Fogg in den Notizen?

VERFOLGUNGSJAGD

Mathematik

★ ★ ★

Während er Fogg und Passepartout auf einer belebten Straße heimlich verfolgte, kam Detektiv Fix ganz unerwartet mit einem Fremden ins Gespräch und stand ein paar Minuten mit ihm vor einem Café. Seine Zielpersonen verlor er derweil aus den Augen. Um sich ihnen wieder zu nähern, lief er ihnen in einem Tempo von sechs Meilen pro Stunde hinterher. Doch nach einer Meile im Dauerlauf konnte er sie noch immer weder sehen noch hören. Da er inzwischen Durst bekommen hatte, ging er traurig zu dem Café zurück, um etwas zu trinken. Seine Geschwindigkeit beim Gehen betrug 2,5 Meilen pro Stunde. Wie lange ist er also insgesamt gelaufen und gegangen?

VERLOREN AUF SEE

Problemlösung

★★★

Fogg und Passepartout reisten auf vielen Schiffen, sowohl großen als auch kleinen. Das größte Schiff, auf dem sie reisten, bildete eine Art Labyrinth, und es war erstaunlich leicht, zwischen den vielen Abzweigungen und Treppenaufgängen verloren zu gehen. Der gewissenhafte Fogg war klug genug gewesen, sich einen Plan des Schiffes einzuprägen, doch Passepartout wusste nie ganz genau, wo er war.
Fogg hatte Passepartout angewiesen, ihn um genau 13.30 Uhr auf dem Erste-Klasse-Deck zum Mittagessen zu treffen. Doch jetzt war es schon 13.25 Uhr, Passepartout befand sich noch auf dem unteren Deck und begann bereits zu schwitzen. Denn er wusste: Sein Herr würde nicht erfreut sein, käme er auch nur eine Minute zu spät. Können Sie Passepartout helfen, sein Ziel zu erreichen? Sein aktueller Standort ist in der obersten Zeile der linken Zeichnung mit einem X markiert und der Eingang zum Speisesaal mit einem Pfeil in der rechten Zeichnung. Das Symbol > verweist auf eine Treppe, über die man an die gleiche Stelle auf dem oberen Stockwerk (rechte Zeichnung) gelangt. Das Symbol < bedeutet, dass man an dieser Stelle in das untere Stockwerk (linke Zeichnung) gelangt. Sie müssen die Treppen allerdings nicht benutzen.

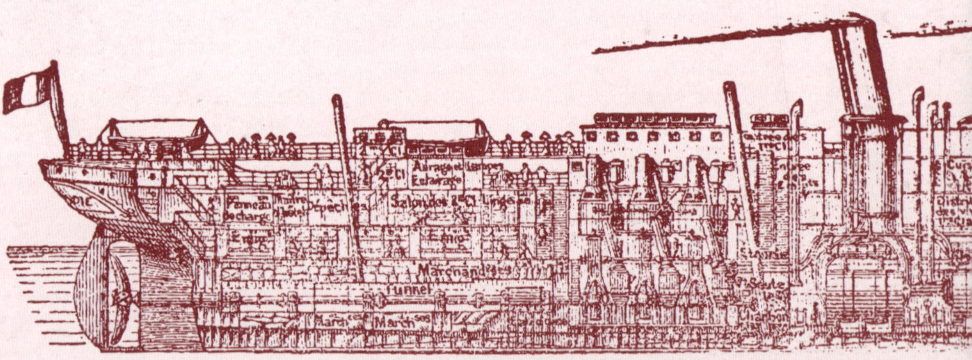

X

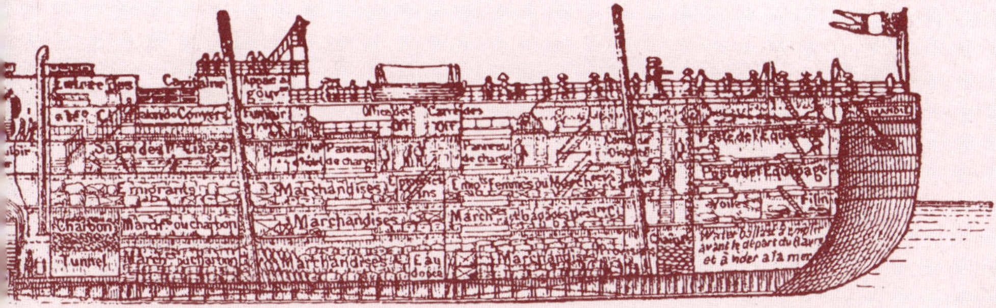
Emigrants
Marchandises
Charbon
Tunnel

DOG AND BONE

Wahrnehmung

★★★

Der sogenannte „Cockney Rhyming Slang" wurde erstmals in der Viktorianischen Epoche verwendet und wahrscheinlich in den 1840er-Jahren im Londoner East End erfunden. Im Rhyming Slang wird ein Wort durch einen mehrteiligen Ausdruck ersetzt, bei dem sich das letzte Wort mit dem Wort reimt, das ersetzt wird. Man sagt zum Beispiel „apples and pears" (Äpfel und Birnen) für „stairs" (Treppe).
Zu jeder technischen Erfindung der Zeit wurde ein neuer Ausdruck geprägt, darunter auch „dog and bone" (Hund und Knochen) für „telephone" (Telefon). Schauen Sie sich die unten abgebildeten Telefone genau an. Können Sie herausfinden, welche der Abbildungen von A bis E der dunkleren Abbildung unten rechts genau entspricht?

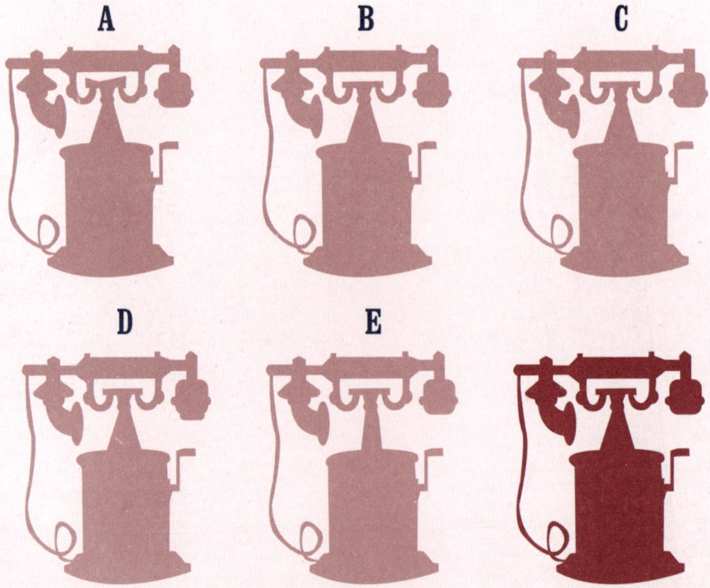

VON HONGKONG NACH SCHANGHAI

Wahrnehmung

★★★

John Bunsby war ein begabter Segler, und es war seine Aufgabe, Fogg, Aouda und Fix in China von Hongkong nach Schanghai zu bringen, sodass Fogg von dort aus das Schiff nach San Francisco nehmen konnte.
Wie schnell können Sie das Wort „BUNSBY“ im unten stehenden Raster finden? Die Buchstaben sind (wie rechts dargestellt) in einem Rechteck von 3 × 2 Kästchen angeordnet.

B	U	N
S	B	Y

B	U	B	B	Y	S	B	Y	S	Y	B	S	S	U	B
S	S	B	Y	N	Y	U	N	U	U	Y	B	B	Y	B
B	N	B	S	Y	U	S	N	U	U	B	B	U	B	Y
B	N	N	B	N	U	S	B	B	S	S	N	Y	N	N
B	B	S	B	S	Y	U	Y	B	B	U	B	B	B	B
S	N	N	B	Y	U	B	B	B	B	N	B	Y	B	Y
B	B	U	B	B	Y	B	B	U	B	B	Y	S	B	N
S	B	B	B	B	B	S	Y	U	S	B	S	Y	B	U
N	B	B	B	U	N	Y	U	S	N	S	Y	S	Y	Y
B	B	S	S	B	Y	Y	Y	S	B	S	U	N	Y	B
Y	S	N	B	B	U	U	S	S	U	N	N	S	U	Y
S	N	B	B	U	Y	S	U	U	U	S	Y	N	B	N
B	Y	U	N	B	Y	B	Y	B	Y	U	B	U	B	B
N	B	Y	Y	B	N	N	U	U	B	N	B	N	U	N
Y	U	U	B	S	U	S	N	B	S	Y	S	B	Y	Y

IM ZIRKUS

Wahrnehmung

★★★

Die Viktorianische Epoche war in vielerlei Hinsicht das Goldene Zeitalter des britischen Zirkus. Ein Zirkusbesuch galt als vergnüglicher Familienausflug, bei dem man Unterhaltung geboten bekam und allerlei Sonderbares und Erstaunliches bei sich um die Ecke bewundern konnte.
Können Sie die acht Unterschiede zwischen den beiden viktorianischen Zirkusdarstellungen erkennen?

SCHÄFCHEN ZÄHLEN

Mathematik

★ ★ ★

Der ständige Druck durch den Zeitplan sowie die verschiedenen Missgeschicke, die auf der Reise passierten, forderten ihren Tribut: In immer neuen Betten und mit zahllosen Gedanken im Kopf konnte Fogg zuweilen nicht einschlafen. Eines Nachts beschloss er daher, es mit der bewährten Methode des Schäfchenzählens zu versuchen. Aus der folgenden Zahlenreihe wird ersichtlich, wie viele Schäfchen Fogg jeweils ohne Unterbrechung zählte, bevor er einschlief. Kennen Sie die nächste Zahl? 5, 11, 23, 47, 95.

VIKTORIANISCHER SPORT

Wahrnehmung

★ ★ ★

Im Viktorianischen Zeitalter begannen etliche Sportarten sehr beliebt zu werden, und viele davon werden auch heute noch mit Begeisterung praktiziert. Eine dieser Sportarten war Cricket. Schauen Sie sich das Bild mit den zehn Cricketschlägern genau an. Können Sie herausfinden, welcher Schläger ganz unten liegt?

MYSTERIÖSES OBJEKT

Wahrnehmung

★★★

Dieses Objekt, das Fogg und seinen Reisegefährten sehr vertraut ist, wurde in vier Teile zerschnitten und neu angeordnet. Können Sie die Einzelstücke im Kopf zusammensetzen und so herausfinden, worum es sich bei dem Objekt handelt? Einige Teile sind eventuell gedreht.

BIG APPLE

Wahrnehmung

★★★

Nachdem sie auf ihrer Reise allerlei seltsame und manchmal nicht immer wohlschmeckende Dinge hatten zu sich nehmen müssen, waren Fogg, Passepartout und Aouda erleichtert, als ihnen in New York etwas gesundes Obst angeboten wurde. Fogg nahm einen Apfel, Passepartout eine Banane und Aouda eine Orange.
Schauen Sie sich die Abbildung genau an. Können Sie anhand der verschlungenen Linien herausfinden, wer sich hinter den Ziffern 1, 2 und 3 verbirgt?

WELTREISE

Problemlösung

★★★

Im Verlauf des 19. Jahrhunderts wurde die Idee der Weltreise immer populärer und beschäftigte die Fantasie zahlreicher unerschrockener Menschen. Die erste rein touristische Weltreise fand 1872 statt, ein Jahr vor dem Erscheinen von Vernes Roman. Im Viktorianischen Zeitalter entstanden in Windeseile immer neue Schienenstrecken, und das Reisen per Bahn wurde zu einem Teil des täglichen Lebens.

Ladenbesitzer Albert beschloss, den Sommer im Badeort Scarborough zu verbringen. Er wollte sehen, ob das Geschäft mit den Touristen dort lohnenswert genug war, um sein Imperium zu erweitern und einen zusätzlichen Laden zu eröffnen. Am 2. Juni bestieg er den Zug und kehrte 79 Tage später zurück. An welchem Datum war das?

„P“ WIE „PHILEAS“

Problemlösung

★★★

Können Sie jede der ganz unten aufgeführten Zahlen im Raster darüber wiederfinden? Jede der Zahlen versteckt sich in der Form eines P für „Phileas“. Als Beispiel haben wir eine der Zahlen im Raster bereits eingezeichnet. Alle übrigen Zahlen folgen derselben Ausrichtung und demselben Darstellungsmuster in Form des Buchstaben P, d. h. sie beginnen ganz unten am P und enden mit der letzten Ziffer – oder auch mal umgekehrt.

8	5	7	9	3	9	9	9	0	9	7	9	0	5	5
1	3	0	9	6	4	7	6	6	1	8	3	3	8	3
5	8	7	9	3	5	4	5	5	9	5	5	7	7	0
8	5	1	9	8	2	5	1	2	7	1	3	0	9	7
0	5	3	1	0	5	3	3	2	3	0	4	9	0	5
5	5	2	5	3	9	4	1	1	6	4	3	0	7	8
8	1	8	0	7	8	0	4	7	9	9	4	3	4	5
0	2	4	8	0	3	8	5	7	4	9	6	2	1	6
9	5	4	1	1	7	9	5	9	9	9	1	1	8	3
0	9	7	1	4	5	1	5	8	8	0	4	5	6	1
3	4	1	2	6	9	8	4	2	2	1	2	0	5	5
6	2	2	4	3	6	4	4	9	4	4	0	1	4	1
4	9	2	0	2	6	2	1	8	3	1	1	4	7	9
3	3	5	9	2	6	2	1	2	5	9	2	9	6	7
4	6	1	2	1	3	1	8	1	3	7	5	8	6	8

03870811 11269901 25609781 36664412 88995544 21020541
09081842 12307854 ~~34634122~~ 50858715 90903434 23645189
11233408 12894413 35469991 51545259

ES WERDE LICHT!

Um die Ecke gedacht

★★★

Die Elektrizität verbreitete sich in der Viktorianischen Epoche mit großer Schnelligkeit. Gegen Ende des 19. Jahrhunderts bekam London eine elektrische Straßenbeleuchtung. Geht Ihnen ein Licht auf, sodass Sie folgende Denksportaufgabe lösen können?
Am 3. September wurden 27 Straßenlaternen installiert. Das waren mehr als die 16, die am 2. August installiert wurden, aber weniger als die 54 vom 9. Juni. Wie viele Laternen wurden am 5. September installiert?

ENTSCHEIDUNG IM NEBEL

Um die Ecke gedacht

★★★

Fogg war im Hafen und versuchte das Schiff zu finden, mit dem er seine Reise fortsetzen wollte. Leider war es neblig, und er wusste nur den Namen des Schiffes, konnte aber aufgrund schlechter Sicht keines der vor Anker liegenden Schiffe richtig erkennen. Er sah nur deren Umrisse und die einiger Personen an Deck. Hinzu kamen die üblichen Möwen am Himmel und etwas Seetang im Wasser. Er hatte keine Ahnung, wie das Schiff, nach dem er suchte, aussah oder wer an Bord war, und auch an Land konnte ihm nichts und niemand einen Hinweis darauf geben, wohin er sich wenden sollte. Die Menschen an Bord der Schiffe waren allesamt außer Hörweite. Trotzdem ging er selbstsicher auf eines der Schiffe zu, und siehe da – es war genau das, nach dem er gesucht hatte. Wie war das möglich?

SPIEGELBILD

Wahrnehmung

★★★

Fogg lernte auf seiner Reise eine junge Inderin kennen, die er später heiratete. Welches der Bilder von A bis D ist ein Spiegelbild des Wortes „Aouda“ im unten stehenden Rahmen?

Legen Sie den Spiegel hier an.

A

B

C

D

EINE KLUGE WETTE?

Mathematik

★★★

Nachdem Fogg im Reform Club seine ausgefallene Wette über 20 000 Pfund abgeschlossen hatte, bot ihm ein Mitglied des Clubs eine weitere Wette an. Sie war ganz einfach: Wenn er annahm, sollte Fogg 1000 Pfund setzen, dann mit zwei Würfeln würfeln, und wenn die Summe der beiden gewürfelten Zahlen größer als sieben war, hätte er 2000 Pfund gewonnen. Wenn nicht, wäre sein Einsatz verloren. Hat Fogg eine Gewinnchance von 50 Prozent oder mehr, wenn er die Wette annimmt?

WIE STEHEN DIE CHANCEN?

Problemlösung

★★★

Kaum hatte Passepartout das Haus seines neuen Herrn zum ersten Mal betreten, da war er auch schon eingeschüchtert durch die extreme Ordnung in Foggs Leben. Jede Hose, jeder Mantel, jede Weste hatte eine eigene Nummer. Und diese Nummer fand sich dann auch in einem speziellen Verzeichnis wieder, in dem aufgeführt war, wann das entsprechende Kleidungsstück weggelegt oder entnommen worden war und wann es das nächste Mal getragen werden sollte.

Im Gegensatz dazu waren die Sachen des soeben angekommenen Passepartout bunt durcheinander in mehreren Taschen verstaut, die darauf warteten ausgepackt zu werden. In seinem Sockenbeutel befanden sich sieben Paar blaue Socken, sechs Paar graue Socken und zwölf Paar schwarze Socken. Wenn er die Sockenpaare ohne hinzuschauen aus dem Beutel zog, wie viele Paare musste er dann herausziehen, um sicherzugehen, dass von jeder Farbe mindestens ein Paar dabei war?

SCHIFFSBILD

Problemlösung

★★★

Können Sie dieses Rätsel lösen, sodass sich das Bild eines Schiffes ergibt? Die Zahlen in den Kästchen geben an, wie viele der (auch diagonal) angrenzenden Kästchen inklusive des Zahlenkästchens selbst ausgemalt werden müssen. Steht also in einem Kästchen eine 0, so brauchen weder dieses noch die acht angrenzenden Kästchen ausgemalt zu werden. Eine 9 dagegen bedeutet, dass das Kästchen selbst und alle acht angrenzenden Kästchen ausgemalt werden müssen.

			0		0			3										0	
0							1				1	0			0				
				0					6	5					1			0	
		0				5	5			6	6			1	2		2		0
	0								7	8				1					
			2		6				5			4	1			5			
	0		3				4									6		5	
					6	5				7			1			6	9		
	3		4	4		7			7	8			3	1					
								5	5			5						3	
4		8			2	2		4		4			2		3	3	3		0
	5		5		1			3		3	0								
3		7		4			2					0				5		3	
	6			6					5	5	3				6		7		
		7												7				7	
	2			7		5	6	8			7			8		8		6	
					5												8		
		1			7		7		7				7		7		7		
0						9		9			9			9					1
		0			5											5		1	

NEUN KREISE

Problemlösung

★★★

Können Sie die neun Kreise im Kopf der Größe nach ordnen – vom kleinsten zum größten? Es ergibt sich der Name einer berühmten viktorianischen Persönlichkeit.

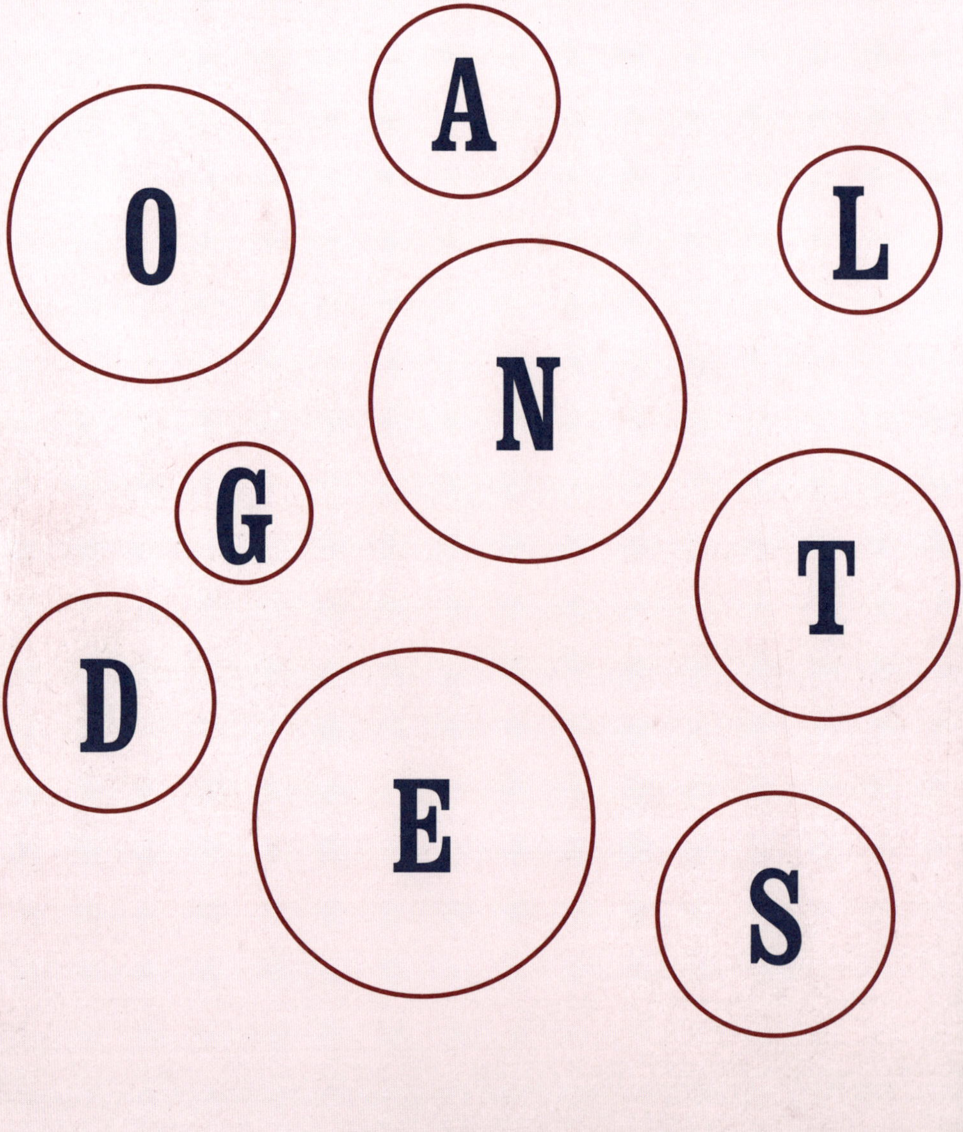

FLEISCHPORTIONEN

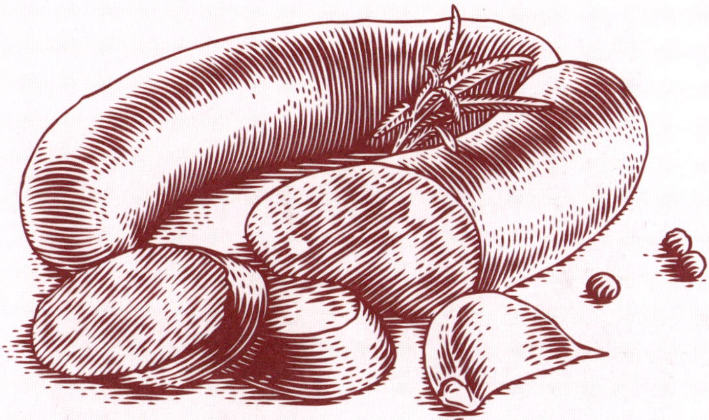

Problemlösung

★ ★ ★

Für die meisten Menschen des 19. Jahrhunderts war der Genuss von Fleisch etwas ganz Besonderes. Typischerweise war Sonntag der einzige Wochentag, an dem sie Fleisch aßen und damit die Tradition des Sonntagsbratens begründeten.

Ein Fleischer auf dem Markt hoffte, eines Tages einmal alle seine Würste und Schweinepasteten loszuwerden. Er hatte insgesamt 140 Würste und Pasteten zu verkaufen, und zwar anderthalbmal so viele Würste wie Pasteten. Wissen Sie, wie viele Würste und wie viele Pasteten er hatte?

DIE WELTAUSSTELLUNG

Mathematik

★★★

Die erste Weltausstellung fand 1851 in London statt. Sie war eine Schau der Kultur und der Industrie des Viktorianischen Zeitalters und erwies sich als sehr erfolgreich. Zwölf verschiedene Familien besuchten an einem Samstagmorgen einen der Ausstellungsbereiche. Vier der Familien bestanden aus drei Mitgliedern und fünf aus vier Mitgliedern. Eine Familie bestand aus sechs Mitgliedern, und zwei weitere Familien bestanden aus drei Mitgliedern. Wenn insgesamt 25 Familienmitglieder männlich waren, wie viele waren dann weiblich? Rechnen Sie die Antwort im Kopf aus und notieren Sie nichts auf Papier.

ZIEMLICH VIEL FLASCHE

Mathematik

★★★

Bevor Fogg seine Reise antrat, bereitete er sie akribisch vor. Er wusste, dass es in einigen Ländern extrem heiß werden würde, und beschloss daher, eine Wasserflasche mitzunehmen, sodass er, wenn nötig, immer etwas trinken konnte. Pedantisch wie er war, befahl er Passepartout, ein Spezialgeschäft aufzusuchen und eine ideale Flasche nach seinen Wünschen anfertigen zu lassen. Seine Vorgaben waren Folgende: Die Flasche sollte zylinderförmig und genau 12 Zoll hoch sein, bei einem Durchmesser von 6 Zoll. Welches Volumen hat die Flasche in Kubikzoll?

EIN UNSCHULDIGER MANN

Problemlösung

★★★

Als Detektiv Fix Phileas Fogg festnahm, war der wahre Bankräuber bereits gefasst. Wenn Sie dieses Rätsel lösen, finden Sie heraus, wie der Detektiv guckt, als er bemerkt, dass er so viel Zeit und Energie darauf verwendet hat, einen Unschuldigen zu verfolgen. Die Zahlen an den Rändern des Rasters geben an, wie viele Kästchen pro Zeile und Spalte ausgemalt werden müssen. So bedeutet etwa 1 2 1, dass vier Kästchen auszumalen sind. Ein Komma verweist auf eine Lücke von mindestens einem Kästchen zwischen den ausgemalten Bereichen. Die Folge 1, 2, 1 verweist also auf ein oder mehrere leere Kästchen, ein ausgemaltes Kästchen, ein oder mehrere leere Kästchen, zwei ausgemalte Kästchen, ein oder mehrere leere Kästchen und ein ausgemaltes Kästchen.

						1	2					2	1						
					1	1	2	2			2	2	1	1					
					1	2	2	4			4	2	2	1					
				2	2	1	1	1	1	1	1	1	1	2	2				
			2	2	1	5	3	3	3	4	3	3	5	1	2	2			
0	0	0	4	2	5	2	1	1	1	1	1	1	2	5	2	4	0	0	0

0
4, 4
2, 2, 2, 2
1, 1, 1, 1
4, 4
2, 2, 2, 2
1, 2, 1, 1, 2, 1
1, 2, 1, 1, 2, 1
2, 2, 2, 2
4, 4
0
8
1, 1
10
10
10
1, 1, 1
2, 2
8
0

BALLONRENNEN

Logik

★★★

Vier Freunde schauten sich zusammen im Park ein Ballonrennen an. Harry, David, Ernest und Roy standen nebeneinander in einer Reihe und hatten viel Spaß. Sie hatten darum gewettet, welcher Ballon das Rennen gewinnen würde, und dabei jeder auf einen anderen Ballon gesetzt. Die Ballons waren grau, grün, rosa und blau. Nachdem das Rennen vorbei war, fragte Harrys Frau Lucinda die vier Freunde, auf welchen Ballon sie jeweils gesetzt hatten. Können Sie es anhand der Hinweise herausfinden?

Neben demjenigen, der auf den blauen Ballon gesetzt hatte, stand links und rechts keiner seiner Freunde. Roy hatte nicht auf den rosa Ballon gesetzt. Derjenige, der auf den grauen Ballon gesetzt hatte, stand neben demjenigen, der auf den rosa Ballon gesetzt hatte. David hatte auf den grünen Ballon gesetzt.

Name	Farbe
Harry	
David	
Ernest	
Roy	

EIN DUTZEND KÖNIGINNEN

Problemlösung

★★★

In New York entdeckte Phileas Fogg ein Dampfschiff namens *Henrietta,* das nach Bordeaux fuhr. Henrietta hieß die Gemahlin von König Charles I. Können Sie die Namen von zwölf weiteren Königinnen im kronenförmigen Raster finden? Die Namen können horizontal, vertikal, diagonal und vorwärts oder auch rückwärts eingetragen sein.

B									B	A									R
Q	F	A						O	N	T	N						G	U	R
O	Q	T	Y				T	N	Y	K	E	M				T	A	L	T
B	J		G	A		F	E	E		W	F	E	J		E	A		M	Z
E				L	H	T	F				G	O	D	T	R				L
N	R		R	L	E	T	A	Z		M	A	O	T	I	N	N		E	Y
I	O	T	P	E	N	X	E	E	N	S	R	O	E	T	A	H	T	N	R
L	N	I	X	B	Z	E	O	B	E	S	L	F	N	R	T	L	L	A	A
O	A	A	M	A	T	I	L	D	A	R	T	X	M	S	I	U	E	J	M
R	E	P	U	S	U	Y	O	R	A	Z	Q	H	L	Z	I	C	K	D	Z
A	L	T	J	I	U	A	P	H	V	A	I	R	O	T	C	I	V	Y	A
C	E	R	H	L	U	S	C	B	W	Z	O	L	V	C	P	P	U	A	R
P	S	O	O	T	E	R	A	G	R	A	M	R	E	W	U	F	O	I	A

ADELAIDE	CHARLOTTE	ISABELLA	MARY
ANNE	ELEANOR	JANE	MATILDA
CAROLINE	ELIZABETH	MARGARET	VICTORIA

IN DEN SOMMERFERIEN

Mathematik

★★★

Die Familie Carter genoss ihren Sommerurlaub in Morecambe. An einem wunderschönen sonnigen Tag gab Mr Carter seinen zwei Töchtern Millie und Adelia etwas Geld, damit sie für alle vier Familienmitglieder Sandwiches kaufen konnten. Er gab ihnen ein Pfund. Millie und Adelia gingen also in einen Laden und beschlossen, zwei Sandwiches mit Schinken und Käse, ein Marmeladensandwich und – speziell für Millie – ein Thunfischsandwich zu kaufen. Die Preise der Sandwiches waren wie folgt:

MENU

Schinken und Käse:	2½ d pro Stück
Marmelade:	1½ d
Thunfisch:	2 d

Millie und Adelia kauften auch vier Getränke zu je 1 d, und da sie sehr großen Hunger hatten, kauften sie auch noch vier Stück Kuchen zu je ½ d.
Können Sie herausfinden, wie viel von dem Pfund die beiden nach dem Kauf all dieser Dinge noch übrig hatten?
Kleine Hilfestellung: 12 d (Pennys) = 1 s (Schilling) und 20 s = £ 1 (Pfund).

IM BILD

Logik

★★★

Im 19. Jahrhundert hatten immer mehr Menschen Zugang zur Fotografie, da diese Technik sich schnell verbreitete. Ab 1889 waren Handkameras verfügbar. Königin Viktoria war die erste Monarchin, die sich fotografieren ließ.

Familie Evans – bestehend aus Vater Joe, Mutter Gertie und Tochter Hazel – beschloss, als Geschenk für Großmama Elsie ein Familienfoto anfertigen zu lassen. Können Sie anhand der folgenden Hinweise herausfinden, welche Farbe und wie viele Knöpfe der Mantel eines jeden Familienmitglieds hatte? Ein Mantel war braun, einer grün und einer schwarz. Einer hatte zwei Knöpfe, einer drei und einer vier. Tragen Sie die Lösung direkt in die unten stehende Tabelle ein und machen Sie sich vorher keine Notizen.

Name	Mantelfarbe	Anzahl Knöpfe
Joe		
Gertie		
Hazel		

Hazels Mantel war nicht braun und hatte auch keine drei Knöpfe. Joes Mantel war grün. Der braune Mantel hatte zwei Knöpfe.

WELTRÄTSEL

Problemlösung

★★★

Können Sie alle unten aufgelisteten Charaktere aus *In 80 Tagen um die Welt* in diesem kreisförmigen Buchstabenrätsel entdecken? Die Namen können horizontal, vertikal oder diagonal und sowohl vorwärts als auch rückwärts angegeben sein.

```
            R A O
        T O O B A B X
      S W U A S T I O V
    D A D D L A F C E S X
    N A I A B Y D E E P S
  R P A S S E P A R T O U T
  F H E Q G M G B U N S B Y
  U O W L R A E D B V S E R
    D R D W R G A U T J T
    H E S N L B G R M S T
      A X T E E A O P S
        A G E N L B F
            D R E
```

ALBEMARLE	FIX	MUDGE	ROWAN
AOUDA	FOGG	OBADIAH	SPEEDY
BUNSBY	FORSTER	PASSEPARTOUT	STRAND

VORSICHT, EISBERGE!

Problemlösung

★★★

Zur Zeit Königin Viktorias wurden große Teile der Welt erforscht. Ein besonders unerschrockener Seefahrer fertigte sogar in der Nähe Grönlands eine Karte zur geografischen Lage von Eisbergen an. Dazu teilte er eine bestimmte Meeresfläche in ein Raster von 10 × 10 Feldern ein. Können Sie anhand folgender Regeln herausfinden, wo die Eisberge lagen?
Die Zahlen geben an, in wie vielen (auch diagonal) angrenzenden Felder Eisberge liegen. In einem Zahlenfeld kann kein Eisberg liegen.

2			1	1	3				0
								2	
4			3			1		3	
	3								
	1				1				4
		0			0			2	
	2				0			2	
		2		2	3	4	4		
0			1					2	

UM DIE WELT … IN 54 TAGEN

Mathematik

★★★

Inspiriert von Jules Vernes Roman versuchten etliche Menschen, Foggs fiktionale Reise im wahren Leben nachzuvollziehen. Dabei gelang es dem US-amerikanischen Theaterkritiker James Sayre im Jahr 1903, die Erde mit öffentlichen Verkehrsmitteln in nur 54 Tagen zu umrunden und damit nicht nur einen Weltrekord aufzustellen, sondern Foggs fiktionalen Erfolg bequem zu schlagen.

Wenn also Foggs Reise 80 Tage dauerte und Sayres nur 54 – um wie viel Prozent hat sich die Reisedauer dann verringert?

EINE FRAGE DER ZEIT

Problemlösung

★★★

Der Kapitän der *General Grant* bot Fogg, Passepartout, Aouda und Fix ein Stück seiner Steak-und-Nieren-Pastete an – umsonst. Doch sie durften diese köstlichste aller Pasteten nur dann probieren, wenn sie eine Denksportaufgabe lösten. Mit einem Zwinkern in den Augen sagte der Kapitän, wenn sie herausfänden, wie viele Tage er während seines Berufslebens insgesamt auf See verbracht habe, dann dürften sie von der leckeren Pastete kosten. Wissen Sie die Antwort? Sie besteht aus vier Ziffern und ergibt sich aus folgenden Hinweisen:

Die erste und die letzte Ziffer ergeben 7. Zwei Ziffern sind gerade und zwei ungerade. Die zweite Ziffer ist größer als die dritte, und wenn man die beiden Ziffern miteinander multipliziert, kommt eine Zahl zwischen 21 und 25 heraus. Die vierte Ziffer ist zwei weniger als die zweite.

EINE FRAGE VON GEWICHT

Mathematik

★★★

Die ersten Olympischen Spiele der Neuzeit fanden 1896 in Athen statt. Zu dieser Zeit wurden zahlreiche heutige Sportarten zunehmend populär. Einige dieser Sportarten, wie etwa das Schwimmen, waren allerdings schon seit Längerem beliebt gewesen.

Nachdem sie über die Schwimmwettbewerbe bei den Olympischen Spielen gelesen hatten, beschlossen drei Freunde, ebenfalls ins kalte Wasser zu springen und dem örtlichen Schwimmverein beizutreten. Das Schwimmen machte ihnen viel Spaß, und sie hielten es auch für sehr sinnvoll. Auf ihren Mitgliedsanträgen wurden sie gebeten, ihr Gewicht anzugeben – aber nur, wenn sie es wollten. Zwei der Freunde, Roger und Hamish, beantworteten die Frage, der dritte – George – tat es nicht. Roger wog 10 st 6 lb und Hamish 11 st 5 lb. Wenn jeder der drei Männer durchschnittlich 11 st 2 lb wog – wie viel wog dann George?

Kleine Hilfestellung: 1 st = 14 lb.

TRINKWASSER

Um die Ecke gedacht

★★★

Während sie sich auf Elefanten reitend der Stadt Allahabad näherten, legten die Reisenden eine kurze Pause ein, um sich zu erfrischen. Auch mussten sie den Elefanten Wasser geben, damit sie nicht verdursteten. Seltsamerweise bestand ihr Anführer darauf, dass jeder Elefant genau 4 Pints Wasser zu trinken bekam. Aus irgendeinem unerklärlichen Grund, den niemand so ganz verstand, war dies die optimale Trinkmenge. Dummerweise hatten sie nur einen Behälter zu 3 Pints dabei und einen zu 5 Pints. Wie konnten sie es damit schaffen, genau 4 Pints aus dem Wasserloch zu schöpfen und den Elefanten zu trinken zu geben?

FANTASIEGEFÄHRT

Kreativität

★ ★ ★

Auf dem Weg nach New York wurde der Zug angegriffen, den Fogg und Passepartout genommen hatten, um ihr nächstes Etappenziel zu erreichen. Sie beschlossen deshalb, nach Omaha zu fahren, und zwar mit einem ungewöhnlichen Verkehrsmittel – einem windbetriebenen Schlitten.

Wie könnte dieses Gefährt ausgesehen haben? Nutzen Sie Ihre Fantasie und zeichnen Sie Ihre Vorstellung von einem windbetriebenem Schlitten in das weiße Feld ein.

DINNERPARTY-DRAMA

Problemlösung

★ ★ ★

Mrs Taylor liebte es, extravagante Dinnerpartys zu veranstalten, und bestand darauf, dass ihre Gäste zu diesen Abenden voller Unterhaltung, Gelächter und gutem Essen in ihrer feinsten Garderobe erschienen. Ein regelmäßiger Gast war ihre gute Freundin Mrs Morgan, die oft teuren und leicht protzigen Silberschmuck trug.

Eines Nachmittags erschien Mrs Morgan bei Mrs Taylor mit der Nachricht, sie habe eines ihrer liebsten Schmuckstücke aus Silber verloren, und zu ihrem Entsetzen sei ihr aufgefallen, dass sie es seit mehreren Monaten nicht mehr gesehen habe. Sie konnte sich klar daran erinnern, dass sie es bei Mrs Taylors vorletzter Dinnerparty getragen hatte, und wollte nun wissen, ob Mrs Taylor es irgendwo hatte herumliegen sehen oder ob ein anderer Gast es ihr zwischenzeitlich gegeben hatte. Mrs Taylors letzte Dinnerparty war am 29. August, und die davor fand 143 Tage früher statt. An welchem Tag hat Mrs Morgan also ihr Collier verloren?

DAMPFER

Um die Ecke gedacht

★★★

Fogg gab Passepartout eine kleine Denksportaufgabe: *„Wir sind auf unserer Reise mit vielen Dampfern gefahren. Wenn die MONGOLIA 60 Punkten entspricht, die RANGOON auf insgesamt 55 Punkte kommt und die CHINA auf 40 – wie viele Punkte ist dann die CARNATIC wert?"*

EIN ECHTES BONBON

Mathematik

★★★

Das Eisenbahnnetz entwickelte sich im Viktorianischen Zeitalter mit großer Geschwindigkeit weiter. Die erste öffentliche Schienenbahn mit Dampflokomotive wurde 1825 in Betrieb genommen. Im Jahr 1880 war die Anzahl der Lokomotiven auf über 10 000 gestiegen, und es wurden jährlich rund 100 000 Passagiere befördert.
Während er eines Morgens auf seinen Zug wartete, kaufte Detektiv Fix eine Tüte Pfefferminzbonbons, denn die mochte er besonders gern. Als der Zug kam, hatte er schon ein Viertel der Bonbons gegessen. Während der Fahrt aß er dann nochmals die Hälfte dessen, was noch übrig war. Als er sein Ziel erreichte, waren nur noch neun Bonbons in der Tüte. Wie viele waren darin gewesen, als er die Tüte gekauft hatte?

AUF DÜNNEM EIS

Mathematik

★★★

Millicent sah sich einen Eislaufwettbewerb auf einem zugefrorenen See in ihrem Heimatort an. Der Wettbewerb war um einige Tage vorverlegt worden, weil das Eis anfing, dünner zu werden. Fasziniert vom Talent der Eisläuferinnen schaute Millicent zu spät auf, um alle Wertungen für die Läuferin Sarah mitzubekommen, die als eine der Favoritinnen galt. Es gab sechs Preisrichter, die jede Teilnehmerin mit einer Punktzahl zwischen 0,0 und 6,0 bewerteten. Sarah erhielt folgende Wertungen:

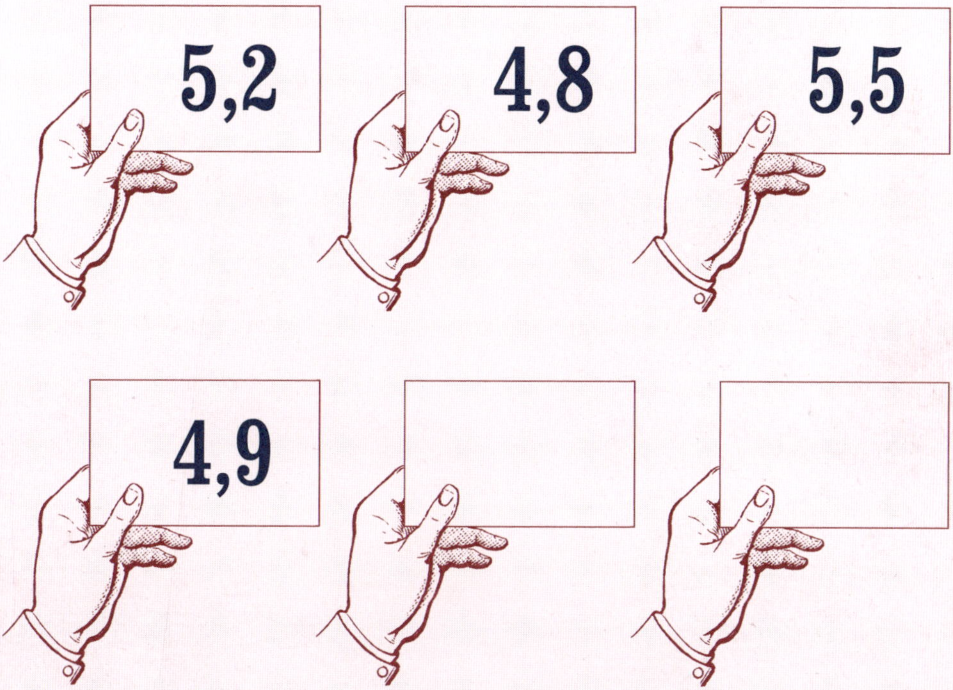

Millicent hörte jemanden sagen, die sechs Bewertungen ergäben zusammen 30,8 Punkte. Die beiden letzten Preisrichter hatten unterschiedliche Punktzahlen vergeben, die jedoch nach der Dezimalstelle mit derselben Ziffer endeten. Welche Punktzahlen hatten diese beiden Richter also vergeben?

ELEFANTENRENNEN

Problemlösung

★★★

Mit Foggs Reiseplänen gab es Probleme: Er musste einen Elefanten mieten, um nach Allahabad zu kommen – denn zu seinem Verdruss war die Bahnlinie, die er erwartet hatte, nie gebaut worden!

Fogg wollte das schnellste Tier haben – und er konnte unter fünf Elefanten wählen, die erst kürzlich an einem Rennen teilgenommen hatten. Können Sie aufgrund der unten stehenden Informationen herausfinden, welchen Platz jeder der Elefanten gemacht und welcher das Rennen gewonnen hatte, sodass Fogg ihn mieten konnte? Die Elefanten trugen im Rennen ganz einfach die Startnummern 1 bis 5.

1

2

3

4

5

Nur ein Elefant machte genau den Platz, der seiner Startnummer entsprach. Doch Elefant 1 wurde nicht Erster und Elefant 3 nicht Dritter. Elefant 2 kam vor Elefant 5 und nach Elefant 3 ins Ziel. Elefant 1 wurde nicht Vierter oder Fünfter. Elefant 3 machte einen Platz mit einer geraden Zahl.

EIN ANDERER ELEFANT

Problemlösung

★★★

Unglücklicherweise stellte sich bald heraus, dass der von Fogg ausgewählte Elefant zwar tatsächlich sehr schnell war, aber keine Ausdauer hatte und häufige Pausen brauchte. Fogg hatte also auf den falschen Elefanten gesetzt und musste ihn gegen einen anderen austauschen. Er hatte die Wahl zwischen den sieben Elefanten, die unten mit A–G bezeichnet sind. Können Sie anhand der Hinweise herausfinden, welchen er auswählte?

A B C D E F G

Neben dem Elefanten, den Fogg schließlich auswählt, stehen links und rechts weitere Elefanten, aber es ist nicht der Elefant, bei dem links und rechts jeweils die gleiche Anzahl weiterer Elefanten steht. Auch ist es nicht der Elefant neben diesem, und es ist auch nicht der Elefant, auf dessen rechter Seite mehr Elefanten stehen als auf der linken.

EIN BESONDERES JAHR

Problemlösung

★★★

Aus den folgenden Hinweisen ergibt sich eine Zahl mit vier Ziffern – aber welche? Die vier Ziffern, aus denen die Zahl besteht, sind alle verschieden.

Die erste und die zweite Ziffer ergeben zusammen neun. Multipliziert man die dritte und die vierte Ziffer, so ergibt es 21. Die zweite Ziffer ist mehr als doppelt so hoch wie die dritte.

Wenn Sie die Antwort wissen, erinnern Sie sich dann an ein besonderes Ereignis aus diesem speziellen Jahr?

NICHT DAS SCHIFF VERPASSEN!

Problemlösung

★ ★ ★

Sorgen Sie dafür, dass Fogg nicht seinen Dampfer verpasst, und erinnern Sie ihn an den Namen eines Schiffes, das er auf seiner Weltreise nehmen soll. Um diesen Namen herauszubekommen, müssen Sie das unten stehende Sudoku lösen. Hierfür tragen Sie die Zahlen 1–9 einmal in jede Zeile, in jede Spalte und in jedes fett umrandete Feld des Rätsels ein. Wenn Sie mit dem Sudoko fertig sind, gleichen Sie es Zahl für Zahl mit dem Buchstabenfeld gegenüber ab. So finden Sie heraus, welche Zahl zum Namen des Schiffes führt, mit dem Fogg nach Schanghai fahren soll.

			6	9	3			8
	2				4			
			5	1				
	3				1			
			7		8			
		5			9			4
				7				
1								

T	J	E	S	P	H	O	H	A
Q	J	J	S	K	Y	A	H	E
D	Z	G	N	T	D	R	Y	H
E	L	M	O	O	S	E	K	F
T	H	L	I	A	W	T	S	R
K	Y	D	H	E	H	F	S	M
J	E	J	X	K	R	R	D	J
S	S	J	E	N	R	K	W	P
D	S	Y	O	A	H	C	S	E

LUST AUF TENNIS?

Logik

★ ★ ★

Als Tennis im Viktorianischen Zeitalter immer beliebter wurde, veranstaltete man im Jahr 1877 das erste Tennisturnier der Welt – Wimbledon. Während einer Erfrischungspause sprachen drei Damen über ihre jeweiligen Stärken beim Tennis – Vorhand, Rückhand, Aufschlag – und darüber, wann sie zu spielen begonnen hatten, nämlich mit acht, zwölf oder 14 Jahren. Tragen Sie die Lösung direkt in die unten stehende Tabelle ein und machen Sie sich vorher keine Notizen.

Maud war nicht zwölf, als sie erstmals spielte, und der Aufschlag war noch nie ihre Stärke. Henrietta liebte ihre Vorhand und war nicht acht, als sie erstmals spielte. Tess war von den dreien am ältesten, als sie mit dem Spielen begann.

Name	Stärke	Startalter
Henrietta		
Maud		
Tess		

FAMILIENSTAMMBAUM

Mathematik

★ ★ ★

Großmutter Minnie hatte eine große Familie. Insgesamt hatte sie acht Kinder und vier Geschwister. Ihr erstes Kind hatte ein Kind, ihr zweites hatte zwei Kinder, ihr drittes drei usw. Zudem hatte eines ihrer Geschwister halb so viele Enkel wie Minnie, ein weiteres ihrer Geschwister ein Drittel so viele, noch ein weiteres ein Viertel so viele und das letzte der Geschwister zwei Drittel so viele Enkel wie Minnie. Wie viele Enkel, Nichten und Neffen hatte Minnie also insgesamt? Versuchen Sie, die Antwort im Kopf auszurechnen.

VERSCHWUNDEN

Kreativität

★ ★ ★

Als sie entdeckten, dass Detektiv Fix sie in Kalkutta verfolgte, begaben sich Fogg und Passepartout umgehend an Bord der *Rangoon*. Doch Fix war entschlossen, sie nicht entwischen zu lassen. Er ging also selbst an Bord des Dampfers und setzte seine Suche fort. Doch obwohl er mit eigenen Augen gesehen hatte, wie die beiden das Schiff betreten hatten, konnte er sie nirgendwo finden. Haben Sie fünf verschiedene Ideen, wie es möglich sein kann, dass Fogg und Passepartout an Bord waren, Fix sie aber nicht finden konnte?

KARTENTRICK

Problemlösung

★★★

Während sie gespannt abwarteten, ob Fogg es schaffen würde, pünktlich in den Reform Club zurückzukehren und so seine Wette zu gewinnen, lenkten sich einige Mitglieder dadurch ab, dass sie mit Spielkarten Rechenspiele machten. Sie verwendeten hierfür die Karten 2–9 sowie das Ass (A) für die 1, die es in diversen im Club geläufigen Kartenspielen ohnehin repräsentierte.

Eines der Mitglieder legte aus Spielkarten folgende Rechnung:

Weil der Mann jedoch ständig über Foggs Rückkehr nachdachte, war er nicht ganz bei der Sache und legte versehentlich zwei Karten an die falsche Stelle. Wissen Sie, welche zwei Karten die Plätze tauschen müssen, damit die Rechnung aufgeht und das richtige Ergebnis herauskommt?

NADEL IM HEUHAUFEN

Problemlösung

★★★

Nachdem er dafür entlassen worden war, dass das Wasser zum Rasieren nicht 30, sondern nur 29 Grad warm war, glaubte James Forster, es sei leichter, eine Nadel im Heuhaufen zu finden als den Ansprüchen eines Phileas Fogg zu genügen.
Können Sie die Nadeln in den folgenden 100 Heuhaufen finden, die nach dem Zufallsprinzip durchnummeriert sind? Die folgenden Hinweise werden Ihnen helfen.

Die Nadel ist in einem Heuhaufen neben einem anderen Heuhaufen, dessen Nummer mit einer 9 beginnt. Die Summe der Heuhaufen in der Spalte, in der sich die Nadel befindet, ist eine Zahl aus drei aufeinanderfolgenden Ziffern.
Es ist eine Primzahl.
Die Nadel ist in einem Heuhaufen, dessen Nummer neben der eines anderen Heuhaufens steht, der aufgrund aller bisherigen Informationen ebenfalls die Nadel enthalten könnte.
Der Heuhaufen mit der Nadel hat eine niedrigere Nummer als alle an ihn angrenzenden Heuhaufen bis auf einen.

39	73	20	72	93	74	62	76	53	43
55	96	67	69	51	40	56	45	52	68
94	99	83	92	8	42	98	80	79	11
10	90	58	65	6	16	85	84	66	88
37	21	35	47	61	100	77	28	29	89
26	4	48	5	19	78	32	60	33	41
95	82	18	54	3	64	13	31	70	14
87	22	86	27	81	50	63	38	2	97
49	91	17	46	7	23	30	12	15	44
9	34	24	75	59	1	25	71	57	36

LECKERES REZEPT

Gedächtnistraining

★★★

Während sie auf der *Rangoon* nach China fuhren, probierten Fogg und Passepartout den Apple-Pie des Chefkochs. Fogg war davon so begeistert, dass er um das Rezept bat. Er studierte die Liste mit den Zutaten 30 Sekunden lang, um sie sich einzuprägen. Schaffen Sie das auch? Schauen Sie sich die Zutatenliste 30 Sekunden lang an, decken Sie den Text dann ab und beantworten Sie die unten stehenden Fragen.

ZUTATEN

8 Unzen Mehl
1 Prise Salz
4 ½ Unzen Butter
5 TL kaltes Wasser
3 Kochäpfel
1 Ei
1 TL gemahlener Zimt
Streuzucker zum Servieren

FRAGEN

1. Wie viele Unzen Mehl werden benötigt?
2. Wie viele Kochäpfel braucht man für den Pie?
3. Welche Art Zucker kommt beim Servieren zum Einsatz?
4. Wovon wird 1 TL benötigt?

BILDUNG, BILDUNG, BILDUNG

Logik

★★★

Schulbildung war im Viktorianischen Zeitalter ein sehr wichtiges Thema. Im Jahr 1860 besuchte nur rund die Hälfte aller Londoner Kinder zwischen fünf und 15 Jahren eine Schule. 1880 wurde die Schulpflicht für Kinder zwischen fünf und zehn eingeführt. Mary, Jane und Alice, drei Mädchen von sieben, acht und neun Jahren, sind auf dem Weg zur Schule und sprechen über ihre Lieblingslehrerinnen Mrs Hardy, Mrs Smith und Mrs Johnson. Können Sie anhand der Hinweise das Alter und die Lieblingslehrerin eines jeden der drei Mädchen herausfinden? Tragen Sie die Lösung direkt in die Tabelle ein und machen Sie sich vorher keine Notizen.
Mrs Hardy war nicht Marys Lieblingslehrerin – sie war die Lieblingslehrerin des jüngsten der drei Mädchen. Die Lieblingslehrerin von Alice war Mrs Johnson. Mary war nicht das älteste Mädchen.

Name	Lieblingslehrerin	Alter
Mary		
Jane		
Alice		

AUSGEBREMST

Problemlösung

★★★

In Kalkutta gingen Fogg und Passepartout an Bord des Dampfers *Rangoon* mit dem Ziel Hongkong in China. Leider wurden sie von Detektiv Fix aufgespürt und festgenommen, denn Fix hielt Fogg fälschlicherweise für einen Ganoven, der in London eine Bank ausgeraubt hatte.

Wie schnell können Sie das Wort „Rangoon" im untenstehenden Raster finden? Es taucht nur einmal auf, kann aber horizontal, vertikal oder diagonal angeordnet und vorwärts oder rückwärts lesbar sein.

N	O	N	O	G	G	O	R	O	R	A	N
R	R	O	O	O	A	N	O	A	G	A	A
R	O	N	N	R	N	N	A	O	O	R	R
G	N	N	O	G	G	O	A	R	A	N	N
N	N	O	O	O	N	N	N	R	G	N	R
O	O	R	O	O	R	G	O	N	O	A	N
O	A	O	N	G	O	A	N	N	A	R	O
N	G	N	N	G	N	N	N	O	O	G	O
G	N	R	G	O	O	A	O	N	A	O	A
N	N	N	A	R	G	O	R	O	A	R	R
N	G	O	N	O	R	O	R	N	N	G	O
O	N	N	N	O	O	O	N	O	R	A	G

SPORTSFREUNDE

Logik

★ ★ ★

Fünf Freunde, die auch sehr große Sportfans waren, lasen alles über die ersten Olympischen Spiele der Neuzeit im Jahr 1896. Können Sie anhand der Hinweise die Größe, das Alter und den Lieblingssport eines jeden der fünf Freunde herausfinden?

	Schwimmen	Tennis	Gewichtheben	Fechten	Radfahren	5 Fuß 3 In.	5 Fuß 5 In.	5 Fuß 7 In.	5 Fuß 9 In.	5 Fuß 11 In.	16	17	18	19	20
Beatrice															
Lorna															
Norbert															
Olive															
Paul															

	Schwimmen	Tennis	Gewichtheben	Fechten	Radfahren	5 Fuß 3 In.	5 Fuß 5 In.	5 Fuß 7 In.	5 Fuß 9 In.	5 Fuß 11 In.
16										
17										
18										
19										
20										

	Schwimmen	Tennis	Gewichtheben	Fechten	Radfahren
5 Fuß 3 In.					
5 Fuß 5 In.					
5 Fuß 7 In.					
5 Fuß 9 In.					
5 Fuß 11 In.					

1.) Der Fan des Gewichthebens ist 19 Jahre alt. Olive mag Radfahren.

2.) Der/Die Größte der Freunde liebt Fechten – es ist nicht Paul.

3.) Lornas Größe beträgt 5 Fuß 5 In. Paul ist der Jüngste der Freunde.

4.) Der/Die 18-jährige ist nicht 5 Fuß 11 In. groß. Der/Die Kleinste der fünf Freunde ist der/die Zweitälteste.

5.) Der Schwimmfan ist 17. Der Jüngste der Freunde ist nicht 5 Fuß 7 In. groß, und Beatrice mag Fechten nicht.

Name	Lieblingssport	Größe	Alter
Beatrice			
Lorna			
Norbert			
Olive			
Paul			

JUWEL IN DER KRONE

Wahrnehmung

★★★

Ein paar Jahre nach der Veröffentlichung von *In 80 Tagen um die Welt* wurde Viktoria Kaiserin von Indien. Sie nahm diesen Titel 1876 als Ergänzung zu dem der Königin des Vereinigten Königreichs von Großbritannien und Irland an.

Schauen Sie sich diese beiden beeindruckenden Kronen genau an – können Sie die sechs Unterschiede erkennen?

VORRATSKÄUFE

Problemlösung

★★★

Fogg hatte Passepartout losgeschickt, um verschiedene Besorgungen zu machen. Das erste Geschäft, das Passepartout ansteuerte, lag eine Meile nördlich des Hauses. Das zweite Geschäft lag drei Meilen östlich des ersten, das dritte drei Meilen südlich des zweiten, das vierte eine Meile westlich des dritten und das fünfte zwei Meilen nördlich des vierten. In welche Richtung muss Passepartout vom letzten Geschäft aus gehen, um nach Hause zu kommen, und wie viele Meilen muss er dabei zurücklegen?

PINSELSTRICH

Mathematik

★★★

Isabelle kauft ein paar Pinsel für ihre Enkelin Nora, die zwar gern Bilder malt und Kunst über alles liebt, die aber beim Pinselverbrauch und beim Auftragen der Farbe ein bisschen übereifrig ist.

Als Isabelle sich im Laden für Künstlerbedarf umschaut, entdeckt sie verschiedene Pinselsets von unterschiedlichen Herstellern. Da sie so sparsam wie möglich einkaufen möchte, will Isabelle im Kopf ausrechnen, welches Set den günstigsten Preis pro Pinsel bietet. Folgende Angebote stehen zur Auswahl:

a) Set à 8 Pinsel: 1 d
b) Set à 12 Pinsel: $2\frac{1}{2}$ d
c) Set à 24 Pinsel: 4 d
d) Set à 16 Pinsel: 3 d

Können Sie wie Isabelle im Kopf ausrechnen, welches Pinselset am günstigsten ist?

BEI DER ARBEIT

Logik

★ ★ ★

Zu der Zeit als Königin Viktoria den Thron bestieg, besuchten viele Kinder in England keine Schule. Stattdessen arbeiteten sie in Fabriken, im Bergbau oder anderswo. Mr und Mrs Jones hatten drei Söhne im Alter von elf, 13 und 15 Jahren. Sie hießen Ernest, Albert und John. Die drei arbeiteten als Schuhputzer, Laufbursche und Schornsteinfeger. Können Sie anhand der Hinweise den Beruf und das Alter eines jeden Kindes herausfinden? Tragen Sie die Lösung direkt in die Tabelle ein und machen Sie sich vorher keine Notizen.
Der jüngste Sohn ist Schuhputzer. Der älteste Sohn, Ernest, wäre auch gern Laufbursche wie sein Bruder John.

Name	Beruf	Alter
Albert		
Ernest		
John		

DAS IST NICHT MEIN SCHIFF

Wahrnehmung

★★★

Phileas Fogg hatte die unten stehende Zeichnung erhalten. Sie zeigt die Umrisse des Schiffes, das im Hafen auf ihn warten sollte. Als er jedoch ankam, musste er feststellen, dass mehrere Schiffe mit nahezu identischer Silhouette vor Anker lagen. Welches der mit A–F bezeichneten Schiffe ist das richtige?

A

B

C

D

E

F

MAGISCHES JAHR

Mathematik

★ ★ ★

Füllen Sie das Zahlenrätsel so aus, dass die Summe der Zahlen in jeder Zeile und Spalte sowie in den beiden Hauptdiagonalen immer 94 ist. Jede Zahl zwischen 16 und 31 taucht einmal im Rätsel auf. Welche Bedeutung hat die Jahreszahl, die sich aus den beiden Ziffern in den dunklen Feldern ergibt?

21		24	27
26		19	20
30			

WIE SCHIFFE IN DER NACHT

Problemlösung

★ ★ ★

Fogg und Passepartout suchten verzweifelt nach ihrem Schiff, der *Carnatic*. Fogg hatte eine Karte mit allen Schiffen und ihren Liegeplätzen im Hafen erhalten. Jedoch – und das war ungewöhnlich für ihn – konnte er die Karte nirgendwo finden. Und da es dunkel war, konnten die beiden auch nichts auf dem Wasser erkennen.

Können Sie im unten stehenden Raster die Karte wiederherstellen, die Fogg erhalten hatte? Und dabei auch gleich die *Carnatic* identifizieren? Sie müssen hierfür die Liegeplätze von zehn Schiffen unterschiedlicher Größe ausmachen, von denen die *Carnatic* das größte ist. Wie angegeben, nimmt eines der Schiffe vier Kästchen ein, zwei weitere Schiffe nehmen drei Kästchen ein, drei weitere zwei, und vier Schiffe nehmen jeweils nur ein Kästchen ein. Die Zahlen an den Rändern des Rasters geben an, wie viele Schiffe bzw. Schiffssegmente sich in jeder Zeile und Spalte befinden. Alle Schiffe sind an allen Seiten von Wasser umgeben, auch in der Diagonale. Zum besseren Einstieg sind einige Schiffe und Schiffssegmente bereits eingezeichnet.

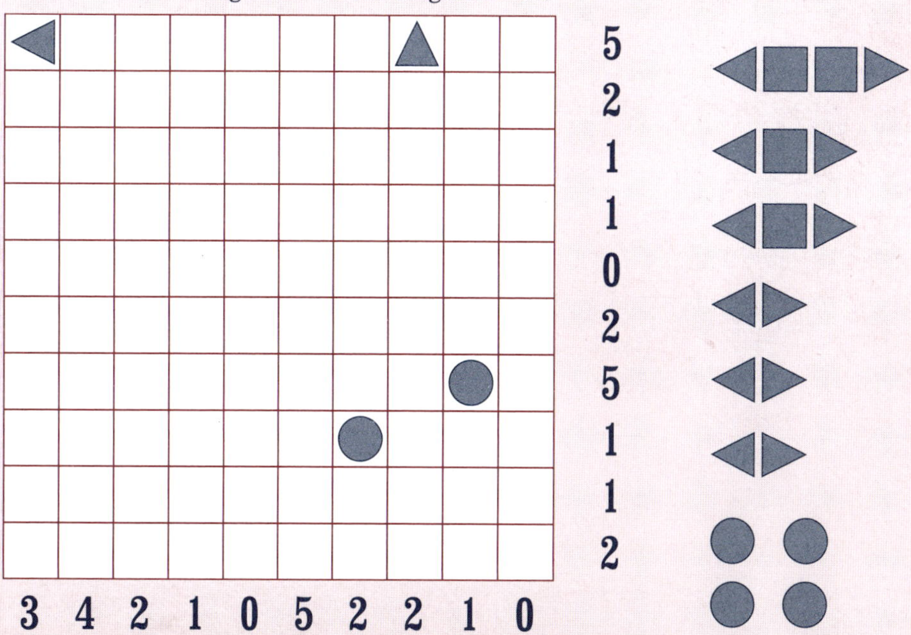

DIE *GENERAL GRANT*

Gedächtnistraining

★ ★ ★

Lesen Sie sich den unten stehenden Auszug aus *In 80 Tagen um die Welt* aufmerksam durch. Beschrieben wird die *General Grant* – ein Dampfer, der von Yokohama nach San Francisco fährt. Beantworten Sie dann die Fragen aus dem Gedächtnis und schauen Sie nicht mehr auf den Text.

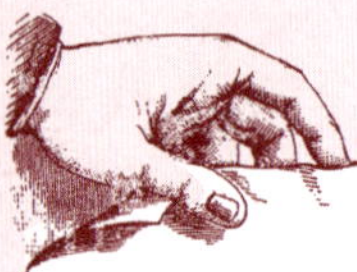

Der Dampfer, welcher die Fahrt von Yokohama nach San Francisco machte, gehörte der Pacific Mail Steamship Company und hieß *General Grant*. Er war ein ungeheurer Raddampfer von 2500 Tonnen, wohlgebaut und schnell fahrend. Über dem Verdeck ging ein ungeheurer Schwengel auf und ab, an dessen einem Ende sich eine Kolbenstange befand, während am anderen Ende eine Verbindungsstange die gradlinige Bewegung in eine kreisförmige verwandelte und direkt mit der Achse des Rades verbunden war. Die *General Grant* war ein Dreimaster und besaß ein großes Segelwerk, welches die Wirkung des Dampfes bedeutend unterstützte. Wenn das Schiff seine zwölf Meilen die Stunde fuhr, brauchte es nur 21 Tage für die Fahrt über den Stillen Ozean. Phileas Fogg konnte also glauben, dass er, wenn er am 2. Dezember in San Francisco, am 11. in New York und am 20. in London sein würde, er am verhängnisvollen 21. Dezember einige Stunden gewonnen hätte.

FRAGEN

1) Wem gehörte die *General Grant?*
2) Wie viele Tonnen war der Dampfer schwer?
3) Wie viele Masten besaß die *General Grant?*
4) Wie viele Tage brauchte der Dampfer bei einer Geschwindigkeit von zwölf Meilen pro Stunde, um den Ozean zu überqueren?

SICHERHEIT DURCH ZAHLEN

Problemlösung

★★★

In der Viktorianischen Epoche wurde das Fahrrad mehrfach weiterentwickelt und das Aussehen der Fahrräder veränderte sich maßgeblich. So wurden aus experimentellen Modellen moderne Fahrräder. 1839 wurde das Pedalrad erfunden. Der Ausdruck „Sicherheitsniederrad“ bezog sich auf alle Alternativen zum Hochrad – denn mit den Füßen am Boden konnte man deutlich sicherer bremsen!
Finden Sie die rechts stehenden Zahlen im Rätselfeld. Sie können vertikal, horizontal oder diagonal und sowohl vorwärts als auch rückwärts angeordnet sein. Wenn Sie fertig sind, ergibt sich aus den übrig gebliebenen Zahlen das Jahr, in dem John Kemp das erste erfolgreiche Sicherheitsniederrad erfand – den „Rover“.

8	5	3	2	3	3	8	4	1	3	2	1
2	7	6	5	3	8	6	5	3	4	2	1
8	7	6	7	6	4	2	1	1	1	6	2
7	2	5	8	2	5	5	6	8	2	7	6
6	1	3	4	6	8	7	7	5	3	9	3
4	8	1	7	3	8	4	4	6	1	8	7
2	2	7	2	6	2	7	3	8	2	7	5
3	8	2	1	3	2	1	2	2	1	9	9
7	8	8	4	2	1	5	1	4	6	7	1
5	7	8	2	6	4	7	8	3	2	7	5
6	7	2	3	7	2	6	6	2	8	5	0
6	7	8	2	4	3	2	3	5	7	7	9

1828
7565
8842
9150
12314
14671
32338
234576
234876
237266
525677
573621
977532
978976
1231216
1231283
1231765
1234572
2342865
2342876
7868678
8653421
23482765
23762582
123476154
876423756
72387462875

KABINENNUMMER

Problemlösung

★ ★ ★

Fix versuchte, Fogg auf der *Rangoon* zu finden, und fragte herum, ob jemand ihn gesehen hatte. Ein rätselhafter Gentleman sagte ihm, er glaube, er habe ihn in einer Kabine mit einer dreiziffrigen Nummer verschwinden sehen, und gab Fix die folgenden Hinweise dazu. Können Sie herausfinden, welche Zahl der seltsame Herr meint?

Die Zahl ist gerade, und alle drei Ziffern sind unterschiedlich. Die mittlere Ziffer ist größer als die anderen. Alle drei Ziffern zusammen ergeben 16. Die Zahl enthält zwei aufeinanderfolgende Ziffern, die sich nur um den Wert Eins voneinander unterscheiden.

KUCHENRÄTSEL

Mathematik

★ ★ ★

Die beiden Schwestern June und Bessie backten liebend gern Kuchen für ihre Ehemänner, Kinder und Freunde. Sie fanden das Backen sehr entspannend und erfreuten sich auch an der Begeisterung, die ihre Kuchen auslösten. Bessie backte gern Zitronenkuchen, während Junes Spezialität ein köstlicher Schokoladenkuchen war. Über ihr Backen führten sie Buch, und gegen Ende eines besonders produktiven Jahres waren sie sehr erstaunt, dass sie zusammen 91 Kuchen der beiden Sorten gebacken hatten. Allerdings lag die Zahl der Zitronenkuchen um 29 höher als die der Schokoladenkuchen. Wie viele Kuchen von jeder Art hatten sie also gebacken?

DIE WELT DER FABRIKEN

Mathematik

★★★

Im Viktorianischen Zeitalter wuchsen viele Städte rasant, und gerade London wuchs besonders schnell. Mit fortschreitender Industrialisierung arbeiteten mehr und mehr Menschen in Fabriken. Terence wollte wissen, wie viele Fabriken in 27 Ländern auf der ganzen Welt gebaut worden waren, und er trug die Anzahl für jedes Land in ein Kästchen ein. Die Zahlen unterschieden sich erheblich – je nachdem ob in einem Land die Industrialisierung gerade erst begonnen hatte oder es schon weiter entwickelt war. Schließlich entdeckte er, dass er seine Zahlen einer bestimmten mathematischen Regel entsprechend in Pyramidenform anordnen konnte. Können Sie herausfinden, nach welchem Prinzip die Pyramide aufgebaut ist, die Felder zu Ende ausfüllen und so die Gesamtzahl aller in den 27 Ländern gebauten Fabriken bestimmen?

291						
66						
		41		42		
	10			22	20	
22	5	5				

SCHNELLSCHACH

Mathematik

★ ★ ★

Im Reform Club fand ein Schnellschachturnier statt, und das Tempo, mit dem sich einige geschickte Spieler gegenüber ebenso begabten Gegnern durchsetzen konnten, war schon erstaunlich. Angenommen, drei Schachgroßmeister können drei Gegner in drei Minuten besiegen, wie viele Großmeister wären dann nötig, um dreißig Gegner in dreißig Minuten zu schlagen?

JAHR UM JAHR

Mathematik

★ ★ ★

Schauen Sie sich diese Jahresliste genau an:

Eines dieser Jahre ist das, in dem das Buch *In 80 Tagen um die Welt* veröffentlicht wurde. Können Sie sagen, welches Jahr in der Reihe als nächstes kommt?

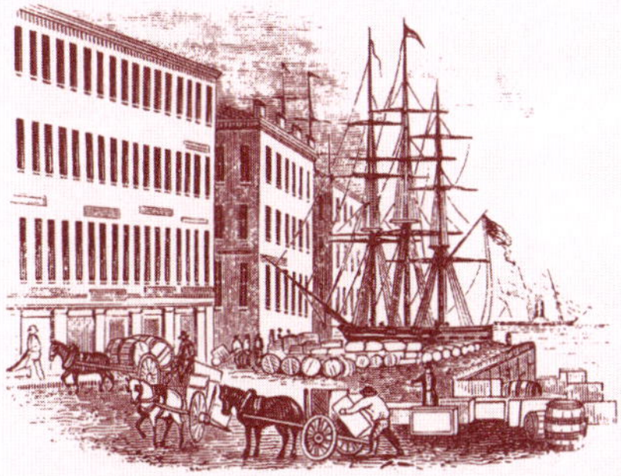

HAUPTSTADTRÄTSEL

Problemlösung

★★★

Gegen Ende ihrer Reise kamen Fogg, Passepartout, Aouda und Fix in Dublin an. Von hier aus nahmen sie eine Fähre nach Liverpool. Wie oft finden Sie das Wort „DUBLIN“ im unten stehenden Raster? Es kann horizontal, vertikal oder diagonal auftauchen und vorwärts oder rückwärts geschrieben sein.

I	L	I	N	L	L	U	I	L	N	N
U	U	D	I	U	L	D	I	N	L	N
N	L	U	L	I	D	U	N	L	I	N
N	I	I	B	D	U	B	D	D	N	I
N	N	N	U	D	B	L	U	L	I	N
I	I	I	D	N	L	I	B	L	U	N
L	L	L	I	N	I	N	L	U	B	D
B	B	B	B	U	N	I	I	U	U	D
U	U	U	L	U	B	B	N	I	U	D
D	D	D	I	N	D	L	I	N	D	L
D	U	B	L	I	N	D	D	I	N	L

EINE FLIEGE IM KAKAO

Um die Ecke gedacht

★★★

Passepartout erkundigte sich, warum genau Fogg seinen früheren Diener James Forster entlassen hatte. War es wirklich nur, weil er Wasser gebracht hatte, das ein Grad kühler als gewöhnlich war? Fogg antwortete, dass es mehrere Vorkommnisse gegeben hatte, die ihn an Forster hatten zweifeln lassen. Bei einem dieser Vorkommnisse ging es um eine Fliege im Kakao.

An einem Winterabend hatte Fogg um eine Tasse Kakao gebeten, und Forster hatte sie ihm auch gebracht. Doch nach einigen Schlucken bemerkte Fogg, dass eine Fliege im Kakao war. Er rief nach Forster und bat um eine neue Tasse Kakao. Eine oder zwei Minuten später kehrte Forster zurück, und Fogg begann den neuen Kakao zu trinken. Nach ein paar Sekunden bemerkte er jedoch zu seinem Erstaunen, dass Forster lediglich die Fliege aus dem vorigen Kakao entfernt und ihm nicht wie verlangt einen neuen Kakao gemacht hatte. Von seinem Stuhl aus konnte Fogg die Küche nicht sehen – wie konnte er also sicher sein, dass er denselben Kakao bekommen hatte und keinen neuen?

SONNTAGSGOTTESDIENST

Mathematik

★★★

Wie zahlreiche andere viktorianische Familien auch, ging die Familie Morris pflichtbewusst jeden Sonntag zur Kirche. Allerdings war ihr Pfarrer im gesamten Bistum wegen seiner langen, weitschweifigen Predigten berüchtigt, bei denen er niemals so richtig auf den Punkt kam. An einem bestimmten Sonntag dauerte der Gottesdienst insgesamt eine Stunde und 30 Minuten. Wenn also die Predigt volle 30 Prozent des Gottesdienstes in Anspruch nahm, wie lang dauerte dann der restliche Gottesdienst?

VIKTORIANISCHE AUTOREN

Problemlösung

★★★

Können Sie zwölf berühmte Autoren der Viktorianischen Ära im unten stehenden Raster finden? Anders als bei herkömmlichen Worträtseln schlängeln sich die Wörter hier horizontal und vertikal von Kästchen zu Kästchen. Das Wort „BRONTE" zum Beispiel wird aus den jeweils ersten zwei Buchstaben der obersten drei Reihen gebildet. Wenn Sie alle Wörter im Raster gefunden haben, ergeben die übrig gebliebenen Buchstaben die Namen von drei Figuren aus *In 80 Tagen um die Welt*. Um welche Figuren handelt es sich?

B	R	O	W	T	A	R	R	A	C
N	O	I	N	H	O	O	L	L	U
T	E	N	G	A	C	K	N	D	A
S	T	E	V	E	Y	E	O	S	N
H	A	R	D	N	A	R	S	P	I
A	S	S	Y	S	O	N	Y	P	K
E	P	A	L	L	E	W	N	O	H
R	T	S	S	E	T	E	N	O	U
T	R	O	F	I	T	S	I	C	I
E	L	I	O	T	X	N	E	K	D

BRONTE
BROWNING
CARROLL
DICKENS
ELIOT
HARDY
HOPKINS
ROSSETTI
SEWELL
STEVENSON
TENNYSON
THACKERAY

EINE FRAGE DER KLASSE

Logik

★★★

Drei viktorianische Lehrerinnen sind damit beschäftigt, ihre Klassenräume für das neue Schuljahr vorzubereiten. Können Sie anhand der unten stehenden Hinweise herausfinden, wie lange die drei Lehrerinnen bereits im Beruf sind und welche Farbe ihr jeweiliger Klassenraum hat? Die Räume sind gelb, orange und lila gestrichen, und die Lehrerinnen unterrichten seit drei, fünf und sieben Jahren. Tragen Sie die Lösung direkt in die Tabelle ein und machen Sie sich vorher keine Notizen.

Mrs Moore hat nicht die wenigste Unterrichtserfahrung, und ihr Klassenraum ist auch nicht lila. Der Klassenraum in Orange gehört der Lehrerin, die am längsten unterrichtet. Mrs Robinson unterrichtet seit fünf Jahren, aber nicht in einem gelben Klassenzimmer.

Name	Klassenraumfarbe	Unterrichtsjahre
Mrs Moore		
Mrs Robinson		
Mrs Shaw		

ZEIT IST DAS WICHTIGSTE

Kreativität

★★★

Eines der Hauptmotive im Roman *In 80 Tagen um die Welt* ist der Zeitdruck, den Fogg und seine Mitreisenden bei ihrem Wettlauf gegen die Uhr empfinden.
Daher muss Fogg äußerst penibel im Messen und Dokumentieren der Reisezeit sein. Wie viele Arten der Zeitmessung fallen Ihnen ein – abgesehen von gängigen Methoden wie dem Ablesen einer Uhr? Versuchen Sie, auf so viele Wege wie möglich zu kommen, und nutzen Sie all Ihren Erfindergeist.

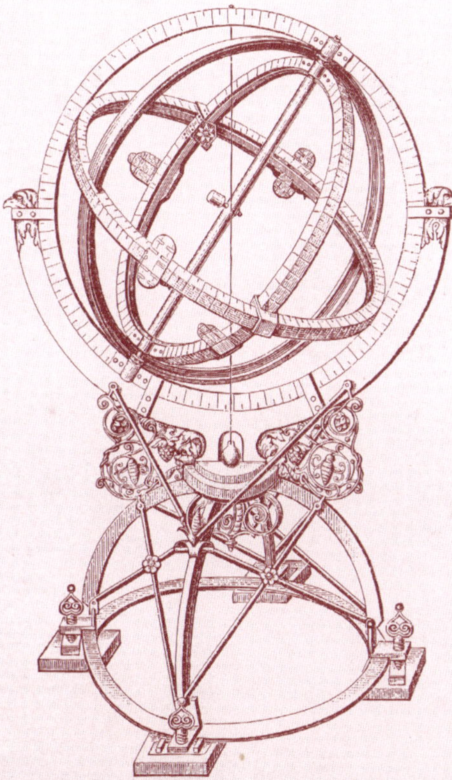

AUF LINIE GEBRACHT

Problemlösung

★ ★ ★

Lösen Sie das folgende Rätsel, indem Sie bestimmte Felder so ausmalen, dass am Ende das Bild einer viktorianischen Erfindung sichtbar wird. Felder mit einer 1 können Sie sofort ausmalen. Alle anderen Ziffern sind paarweise vertreten und markieren den Beginn und das Ende einer Reihe von Feldern, deren Anzahl der jeweiligen Ziffer entspricht. Sie verbinden die paarweise vertretenen Ziffern durch das Ausmalen der entsprechenden Anzahl der Felder, d. h. wenn Sie zwei Fünfen verbinden wollen, malen Sie die beiden Zahlenfelder und die drei Felder dazwischen aus, sodass eine Reihe von fünf ausgemalten Feldern entsteht. Die Reihen verlaufen horizontal und vertikal, und ein bestimmtes Feld kann immer nur zu einer einzigen Reihe gehören.

					7				2	2	3		3	1					
		4			4			7	4			4	5				5		
		2					3					3					4		
		2																	
	3		3				3	4			4	3				1		3	
4			4	1					4	5					1	3	4		2
5				5											3		1	3	2
								3			3								
									4										
				2	2	2	2	3	1	5	3	4			4				
					4									3		3			
		2	4	1				4			4				2	2	6		
	1	2	1				4					4				1		3	
		7						3		3									
		7							2	2								3	
							4					4						6	
								4			4						4	1	
																		3	
	7		2	6					6	1	4	2	2						
	7		2	4			4	3		3			4	5	1	5	4	3	

EINER IST FALSCH

Um die Ecke gedacht

★★★

Einer der vier gezeigten Gegenstände passt nicht zu den anderen – welcher ist es und warum? Mit den Bezeichnungen der Gegenstände hat es nichts zu tun.

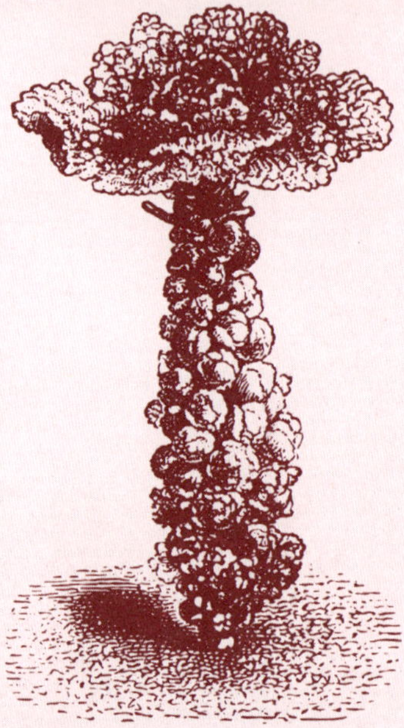

KEINEN ROSENKOHL, BITTE!

Mathematik

★★★

Weihnachten wurde im viktorianischen England im Grunde so gefeiert wie heute. Königin Viktoria erfreute sich an ihrem Weihnachtsbaum, und es wurde immer gebräuchlicher, einen aufzustellen. Auch Weihnachtslieder waren beliebt wie nie zuvor.

Familie Smith genoss ihr Weihnachtsdinner. Das meiste Essen war auch schon fast verschwunden, nur der Rosenkohl war offenbar weniger gefragt: Am Ende des Mahls waren noch zwei Drittel der Kohlröschen übrig. Und am nächsten Nachmittag, nachdem jeder von den Resten so viel gegessen hatte, wie er wollte, war wiederum nur ein Viertel des übrig gebliebenen Kohls vom Weihnachtsabend verschwunden. Noch immer lagen 24 Kohlröschen in der Schüssel. Wie viele waren es also ursprünglich gewesen?

AUS DEM GEFÄNGNIS

Gedächtnistraining

★★★

Lesen Sie den folgenden Auszug aus *In 80 Tagen um die Welt* aufmerksam durch. In diesem Kapitel befindet sich der zu Unrecht inhaftierte Fogg im Gefängnis. Sobald Sie den Text ganz durchgelesen haben, decken Sie ihn mit einem Blatt Papier ab und beantworten Sie die unten stehenden Fragen, ohne noch einmal in den Text zu schauen.

Fasste er damals den Gedanken, sich zu retten? Dachte er daran, zu schauen, ob ein passender Ausgang vorhanden war? Sann er auf Flucht? Man konnte das wohl glauben, denn er ging einmal langsam im Raum herum. Aber die Tür war fest verschlossen und das Fenster mit einem eisernen Gitter versehen. Er setzte sich also wieder hin und zog sein Reisebüchlein aus der Tasche. In der Zeile, in der die Worte standen *„21. Dezember, Samstag, Liverpool"*, fügte er hinzu *„80. Tag, 11 Uhr 40 vormittags"* und er wartete ab.

Die Uhr des Zollhauses schlug Eins. Mr Fogg bemerkte, dass seine Uhr zwei Stunden vorging.

Zwei Stunden! Wenn er genau jetzt einen Eilzug nähme, so könnte er abends um 8.45 Uhr im Reform Club in London erscheinen. Seine Stirn zeigte leichte Falten ...

Um 2.33 Uhr vernahm er draußen ein Geräusch, das Quietschen hastig geöffneter Türen. Die Stimme von Passepartout war zu hören und gleich danach die von Fix. Einen Augenblick lang leuchteten Phileas Foggs Augen. Dann öffnete sich die Tür, und Aouda, Passepartout und Fix stürzten auf ihn zu.

FRAGEN

1) Wie oft ging Fogg langsam im Raum herum?
2) Was fügte Fogg seinem Tagebucheintrag vom 21. Dezember hinzu?
3) Mr Fogg bemerkte, dass seine Uhr vorging. Um wie viele Stunden?
4) Um wie viel Uhr hörte Mr Fogg *„draußen ein Geräusch, das Quietschen hastig geöffneter Türen"?*

PFEIL-SUDOKU

Problemlösung

★★★

Immer stärker mussten die Reisenden auf die Zeit achten. Ständig hielten sie sich vor Augen, dass jedes weitere Problem eine weitere Verspätung und damit das Misslingen ihres einzigartigen Vorhabens bedeuten könnte.
Können Sie dieses Sudoku mit den vielen Pfeilen lösen? Tragen Sie jede Zahl von 1 bis 9 genau einmal in jede Zeile und Spalte sowie in jedes fett umrandete Feld ein. Im Raster befinden sich verschiedene Pfeile. Die Zahlen in den Kästchen, durch die ein Pfeil verläuft, ergeben zusammen die Zahl im Kreis zu Beginn des Pfeiles. Eine Zahl kann sich entlang des Pfeilverlaufs wiederholen, solange dabei nicht die Regel verletzt wird, dass keine Zahl sich innerhalb einer Zeile oder Spalte bzw. innerhalb eines fett umrandeten Feldes wiederholen darf.

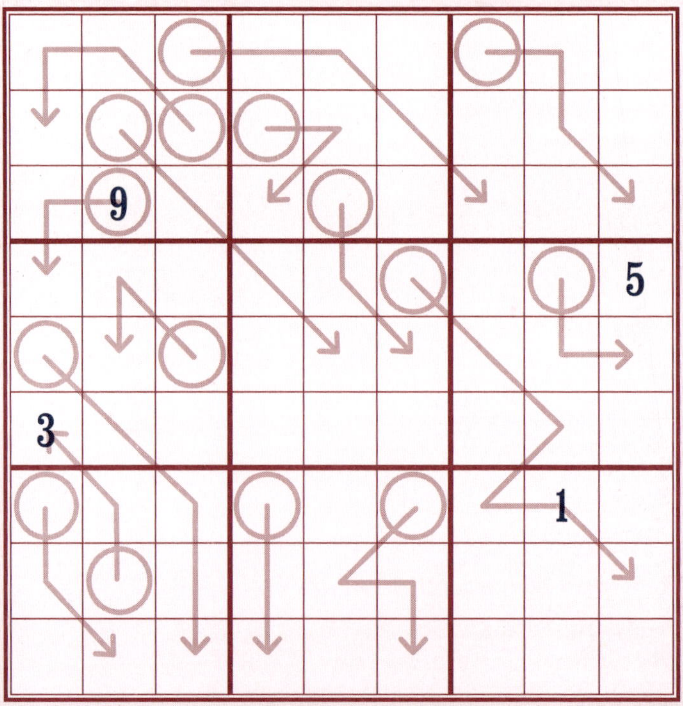

MINCE PIES

Um die Ecke gedacht

★★★

Vor seiner üblichen Partie Whist wollte Fogg im Reform Club noch die Zeitung lesen. Mit ihm im Raum waren Andrew Stuart, Samuel Fallentin, Thomas Flanagan, Gauthier Ralph und John Sullivan. Da bald Weihnachten war, hatte der Koch des Reform Clubs für die sechs Männer ein paar Mince Pies gebacken und brachte sie ihnen in einem Korb. Jeder der Männer nahm einen Mince Pie. Trotzdem blieb im Korb einer übrig – wie war das möglich?

STÄDTETRIP

Logik

★★★

Fogg, Passepartout und Aouda diskutierten darüber, welche der von ihnen besuchten Städte ihnen am besten gefallen hatte. Können Sie anhand der unten stehenden Hinweise die Lieblingsstädte der drei Figuren herausfinden sowie die Jahreszeit, in der sie sie gern besuchen würden? Die Städte sind San Francisco, New York und Yokohama und die Jahreszeiten Herbst, Winter und Sommer. Tragen Sie die Lösung direkt in die Tabelle ein und machen Sie sich vorher keine Notizen.
Foggs Lieblingsstadt war Yokohama. Passepartout wollte seine Lieblingsstadt nicht im Herbst besuchen, während Aouda ihre Lieblingsstadt, die nicht New York war, im Sommer besuchen wollte.

Name	Lieblingsstadt	Jahreszeit
Aouda		
Fogg		
Passepartout		

AUF NACH BORDEAUX!

Problemlösung

★★★

Captain Andrew Speedy aus Cardiff wollte sich gerade Richtung Bordeaux auf den Weg machen, als Fogg versuchte, ihn zu überreden, stattdessen nach Liverpool zu fahren. Speedy antwortete jedoch: *„Ich fahre nach Bordeaux und ich werde auch in Bordeaux ankommen."*

Können Sie die acht Buchstaben des Wortes „BORDEAUX" je einmal in jeder Zeile, jeder Spalte und jedem fett umrandeten Feld unterbringen? Wenn Sie dies schaffen, erscheint das Wort auch in den dunklen Kästchen der Diagonale.

				U	X		
E						A	B
	E	R				B	
U							
							D
	R				A	X	
O	D						E
		E	B				

SÜSSE ERINNERUNGEN

Mathematik

★ ★ ★

An einem ihrer Hochzeitstage schwelgten Fogg und Aouda in Erinnerungen an ihre aufregende Reise um die Welt und an die nicht sehr erfreulichen Umstände, unter denen sie sich kennengelernt hatten. Können Sie herausbekommen, an ihrem wievielten Hochzeitstag sie diesen Erinnerungen nachhingen? Ziehen Sie von der Zahl der Ehejahre 10 ab, verdoppeln Sie das Ergebnis und addieren Sie ein Viertel der Ehejahre. Das Resultat ist die Gesamtzahl der Ehejahre.

TELEFONANRUF

Wahrnehmung

★ ★ ★

Das erste erfolgreiche Telefonat der Welt führten Bell und Watson im Jahr 1876. Seitdem hat das Telefon die Kommunikation revolutioniert.
Das unterste der zehn abgebildeten Telefone klingelt gerade – können Sie herausfinden welches?

BRETTSPIEL

Problemlösung

★★★

Während er sich bemühte, Phileas Fogg auf den Fersen zu bleiben, stieß Detektiv Fix auf der Straße aus Versehen mit einem Mann zusammen, der so in ein Rätsel vertieft war, dass er ihn nicht hatte kommen sehen. Das Rätsel war ganz einfach aufgebaut: Es bestand aus einem hölzernen Brett mit 36 Feldern und aus neun Spielsteinen mit je 2 × 2 Zahlenfeldern. Ziel des Spieles war es, die neun Spielsteine so auf dem Brett zu verteilen, dass die Zahlen 1–6 jeweils genau einmal in jeder Zeile und Spalte sowie in den fett umrandeten Rechtecken à 2 × 3 Feldern auftauchten.
Können Sie das Rätsel lösen, indem Sie herausfinden, wo genau jeder der neun Spielsteine zu liegen hat? Die erste und die letzte Zahl haben wir zu Ihrer Unterstützung schon eingetragen. Die Spielsteine dürfen nicht gedreht werden.

2					
					6

1	2
5	4

4	2
1	5

6	4
3	1

3	1
4	6

6	5
3	2

4	1
1	4

6	5
2	3

5	3
2	6

2	3
5	6

FRÜHJAHRSPUTZ

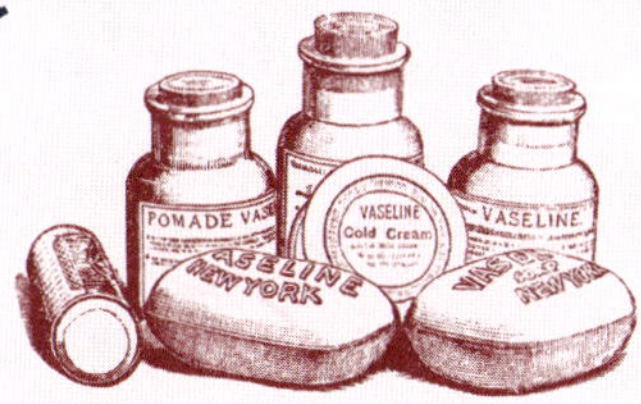

Um die Ecke gedacht

★★★

An einem windigen Frühlingstag machten sich Fogg und Passepartout auf den Weg zu einer Verabredung. Doch kaum waren sie losgelaufen, wehte ein heftiger Windstoß jede Menge Straßenstaub in ihre Richtung. Nachdem der Wind sich gelegt hatte, schaute Passepartout in Foggs Gesicht und stellte fest, dass dieses völlig verdreckt war. Fogg seinerseits blickte Passepartout ins Gesicht, stellte fest, dass dieses sauber war, und setzte sich wieder in Bewegung. Doch dann passierte etwas Seltsames: Passepartout lief zurück ins Haus und wusch sich das Gesicht, obwohl es doch völlig sauber war. Warum hat er das getan?

BUCHSTABENCODE

Um die Ecke gedacht

★★★

In der rechts stehenden Liste sind verschiedenen Figuren aus *In 80 Tagen um die Welt* unterschiedliche Zahlen zugeordnet. Können Sie herausfinden, wie der Zahlenwert einer jeden Figur errechnet wird und welche Zahl sich daher für die letzte Figur ergibt?

AOUDA = 500

FIX = 11

FALLENTIN = 101

PASSEPARTOUT = 0

STRAND = ?

NENNEN SIE MICH JEAN

Problemlösung

★★★

Nachdem Phileas Fogg seinen Diener James Forster entlassen hatte, stellte er sofort Jean Passepartout als Ersatz ein. „*Ich nehme an, Sie sind Franzose*“, sagte Phileas Fogg zu ihm. „*Und trotzdem heißen Sie John?*“

Passepartout antwortete: „*Verzeihung, Monsieur, aber ich heiße Jean.*“

Schaffen Sie es, sich anhand des Namens „JEAN“ von ganz oben links nach ganz unten rechts fortzubewegen? Folgen Sie den Buchstaben in der Reihenfolge J-E-A-N und beginnen Sie dann wieder mit einem J. Insgesamt müssen Sie den Namen neunmal hintereinander „schreiben“. Sie dürfen sich horizontal, vertikal und diagonal von Feld zu Feld fortbewegen, müssen dabei aber jedes Feld genau einmal betreten.

J	E	J	N	J	E
E	A	A	N	E	A
E	N	E	A	J	N
A	J	J	A	N	J
N	J	N	J	A	E
E	A	N	E	A	N

DER GROSSE DIEBSTAHL

Mathematik

★★★

Im Roman *In 80 Tagen um die Welt* werden der Bank von England 55000 Pfund gestohlen, und Detektiv Fix nimmt irrtümlich an, Phileas Fogg sei der Dieb.
Können Sie die folgenden Fragen beantworten – und zwar indem Sie die Ergebnisse im Kopf oder auf dem Papier berechnen, ohne einen Taschenrechner zu benutzen?

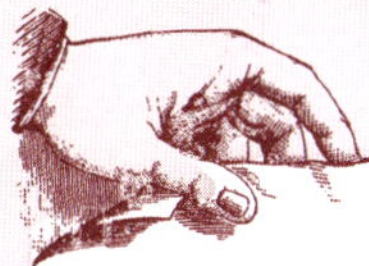

HINWEIS

£1 = 20 Schilling
1 Schilling = 12d
(alte Pennys)

FRAGEN

a) Wie viele Schilling sind in 55000 Pfund enthalten?

b) Wie viele Pennys sind in 55000 Pfund enthalten?

HÖHENANGST

Um die Ecke gedacht

★★★

Detektiv Fix hatte Respekt vor den hohen Wolkenkratzern, die er in Amerika kennengelernt hatte. Bei einem späteren Ferienaufenthalt wohnte er in einem großen New Yorker Hotel. Sein Zimmer lag im 10. Stock, und eines Morgens verließ er es gerade, als das Zimmermädchen zum Saubermachen kam. Er dachte sich nichts weiter dabei und begab sich pflichtbewusst auf seinen Morgenspaziergang. Er blieb allerdings stehen, als er einen lauten Schlag hörte – genau das Geräusch, das entsteht, wenn etwas aus großer Höhe herunterfällt. Er drehte sich um und sah zu seinem Entsetzen, dass ein Zimmermädchen aus einem der Hotelzimmer gefallen war. Wahrscheinlich hatte sie es gerade geputzt. Wundersamerweise war mit ihr trotz des lauten Aufpralls alles in Ordnung. Wie konnte das sein?

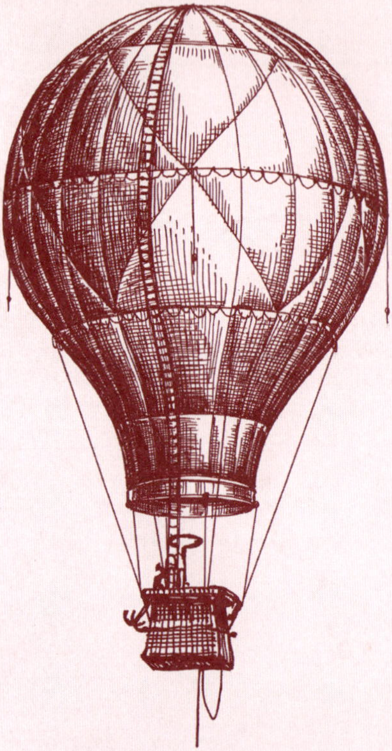

ZEITREISE

Um die Ecke gedacht

★★★

Fogg kam in London an und dachte, er sei einen Tag zu spät und habe die Wette verloren. Er war ein sehr gewissenhafter Mann und hatte auf seiner Reise penibel Buch geführt. Wissen Sie, wie er den schwerwiegenden Fehler machen konnte, *„zu denken, er sei am Samstag, dem 21. Dezember in London eingetroffen, während man in Wirklichkeit Freitag, den 20. Dezember schrieb und es somit erst der 79. Tag seit seiner Abreise war?"*

Geliebte Aouda

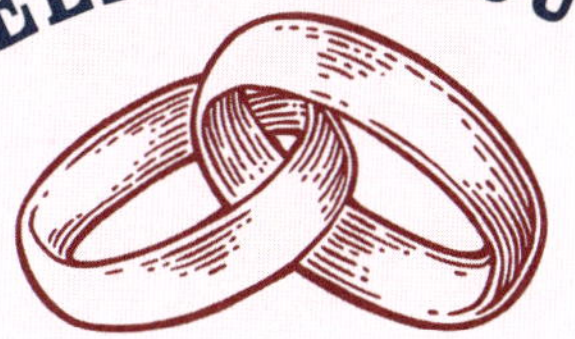

Wahrnehmung

★ ★ ★

Finanziell zahlte es sich für Phileas Fogg kaum aus, dass er die Wette gewonnen und die Frist von 80 Tagen eingehalten hatte, denn er hatte während der Reise sehr viel Geld ausgegeben. Allerdings hatte er Aouda kennengelernt, seine jetzige Frau, und das machte ihn zum glücklichsten Mann der Welt. Jules Verne lässt den Roman mit den Worten enden: *„Ganz ehrlich – würden Sie nicht für weniger als das eine Reise rund um die Welt machen?“*

Fogg war in romantischer Stimmung und wollte Aouda zeigen, wie sehr er an sie dachte. Also schuf er aus den Buchstaben ihres Namens ein Raster in Form eines Herzens. Können Sie darin das Wort „Aouda“ finden? Es taucht nur einmal auf, und zwar horizontal, vertikal oder diagonal, und es kann vorwärts oder rückwärts geschrieben sein.

	A	O	O	O	D				D	A	D	O	O	
A	A	A	D	A	D	D		A	A	U	A	A	U	D
O	O	U	D	U	A	D	O	A	O	O	D	A	D	A
D	U	U	D	A	D	A	U	D	D	O	A	O	A	U
A	A	D	D	A	O	O	A	O	O	U	D	A	U	U
U	D	A	A	O	A	U	A	U	A	U	A	D	A	O
A	U	A	D	O	A	A	O	A	A	D	O	O	A	U
D	A	A	A	O	O	D	O	A	O	A	U	D	A	O
	A	O	U	U	O	U	A	O	A	D	O	O	O	
		D	O	A	D	U	A	U	O	D	D	A		
		D	A	A	U	D	U	A	A	A	A			
				D	O	U	U	U	A	D				
					A	A	O	D	A					
						U	U	A						

SCHOKOLADEN-FIX

Problemlösung

★★★

Detektiv Fix war etwas eigen, wenn es um Schokolade ging, hatte aber beschlossen, eine Tafel mit Fogg, Passepartout und Aouda zu teilen. Allerdings hatte die Tafel eine etwas seltsame Form, da Fix schon ein paar Stücke gegessen hatte, bevor er sich entschied, den Rest zu teilen. Nun will er die noch vorhandene Schokolade so aufteilen, dass er und die drei anderen jeweils genau dieselbe Anzahl an Stücken bekommen. Können Sie herausfinden, wie er die Tafel teilen muss, damit vier genau gleichartige Formen entstehen? Sie werden hierfür einzelne Formen drehen müssen.

TIERISCH SCHWER

Problemlösung

★★★

An einem regnerischen Nachmittag testeten Abraham und Isaac zusammen mit ihrer Gouvernante Miss Eccles ihr Allgemeinwissen. *„Ich möchte, dass ihr so viele Tiere wie möglich aufschreibt, die mit den Buchstaben A, B, D, E, N, P, S und T beginnen“*, sagte die Gouvernante. *„Fangt mit einem Tier mit A an, schreibt dann eins mit B auf und so weiter. Wenn ihr ein Tier mit T gefunden habt, dann fangt ihr wieder bei A an. Macht das, so lange ihr könnt.“*

Miss Eccles überließ die Kinder ihrem Tun, ging ins Nebenzimmer und trank eine Tasse Tee. Als sie zurückkehrte, verkündeten Abraham und Isaac, dass sie die beachtliche Anzahl von 150 Tieren gefunden hatten, und stellten nun ihrerseits der Gouvernante eine Frage: *„Miss Eccles, welchen Anfangsbuchstaben hat unser 150. Tier?“* Wie lautet die Antwort?

BORDBELEUCHTUNG

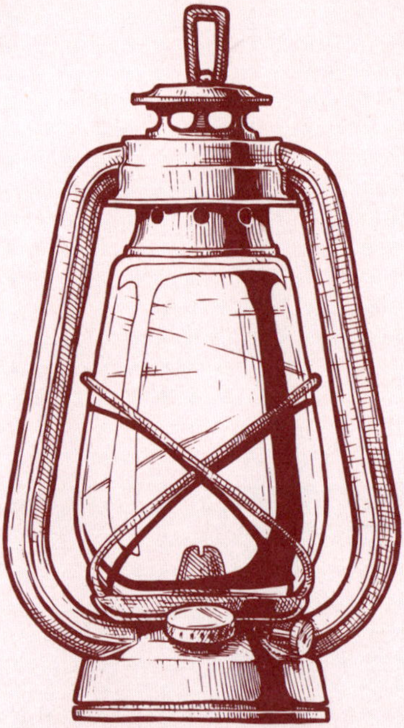

Um die Ecke gedacht

★ ★ ★

In einer stürmischen Nacht ging Detektiv Fix an Deck des Segelschiffs, auf dem er sich gerade befand, und dachte über die unglaubliche Reise nach, auf die er sich begeben hatte, um Fogg rund um die Welt zu verfolgen. Plötzlich sah er, wie ein Licht auf dem Schiff die Masten erhellte. Er wusste jedoch, dass es an Bord keine Beleuchtung gab und dass es auf dem Schiff deshalb jetzt – mitten in der Nacht – eigentlich stockdunkel sein müsste. Was war die Ursache des Lichtes, das Fix sah?

DIE BRONTËS

Wahrnehmung

★ ★ ★

Die Brontë-Schwestern waren drei berühmte Schriftstellerinnen im viktorianischen England. Charlottes bekanntestes Werk ist *Jane Eyre,* ihre Schwester Emily schrieb *Wuthering Heights* und Anne den Roman *Agnes Grey.*
Wie schnell können Sie den Namen „BRONTE" im unten stehenden Raster finden, und zwar in einem Rechteck von 3 × 2 Feldern (siehe rechts)?

B	R	O
N	T	E

O	B	O	T	T	T	O	N	N	B	N	R	N	N	T
B	O	O	T	T	R	N	O	O	O	N	R	O	B	B
N	R	E	N	R	R	T	N	N	N	O	O	E	O	T
T	N	R	T	T	E	T	E	E	B	E	R	B	B	T
E	T	N	T	N	E	T	O	N	E	O	R	N	O	E
O	E	O	E	R	B	B	E	O	N	T	O	T	T	R
E	N	E	T	O	T	R	T	N	B	N	T	O	T	E
T	O	R	T	T	N	E	O	R	R	R	N	E	N	R
T	R	R	E	O	N	E	E	B	E	N	B	O	T	N
E	O	O	R	E	T	R	T	E	N	O	T	B	T	T
R	B	R	O	B	B	R	O	B	N	T	T	N	E	N
B	N	T	E	T	O	N	T	T	B	N	N	R	O	R
R	T	O	R	O	N	T	T	O	T	E	B	T	O	R
R	T	T	N	E	R	N	T	E	E	O	O	T	N	R
T	R	T	T	R	N	B	R	E	E	O	E	R	O	T

NAMENSRÄTSEL

Problemlösung

★ ★ ★

Während sie in Fernost auf ihren Dampfer warteten, beschlossen Fogg, Jean (Passepartout), Aouda und Fix, sich die Zeit mit dem folgenden Rätsel zu vertreiben und zu sehen, wer es am schnellsten lösen konnte. Wie schnell können Sie die Zahlenwerte herausfinden, die den einzelnen Figuren entsprechen? Jeder dieser Werte ist eine ganze Zahl zwischen 1 und 10. Die Zahlen an den Rändern des Rasters entsprechen der Gesamtsumme der Werte in den entsprechenden Zeilen oder Spalten.

FOGG	AOUDA	JEAN	AOUDA	19
JEAN	FIX	FOGG	FOGG	31
FIX	JEAN	AOUDA	FIX	19
FIX	FIX	FIX	AOUDA	20
27	19	23	20	

GEFÄNGNISAUSBRUCH

Um die Ecke gedacht

★ ★ ★

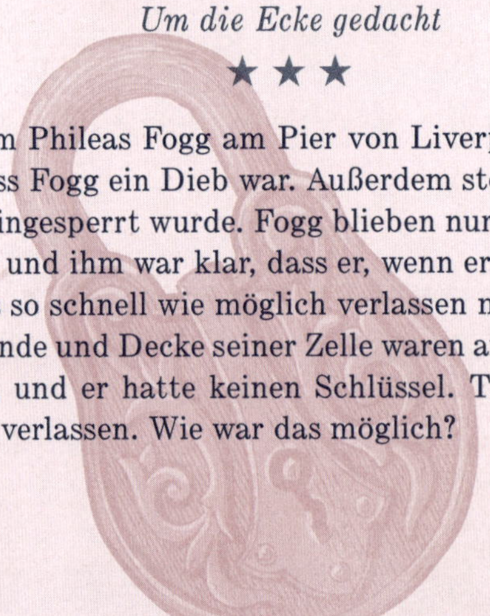

Detektiv Fix nahm Phileas Fogg am Pier von Liverpool fest, denn er war überzeugt davon, dass Fogg ein Dieb war. Außerdem stellte er sicher, dass Fogg ins Gefängnis kam und eingesperrt wurde. Fogg blieben nur noch ein paar Stunden, um London zu erreichen, und ihm war klar, dass er, wenn er seine Wette noch gewinnen wollte, das Gefängnis so schnell wie möglich verlassen musste. Doch seine Chancen standen schlecht: Wände und Decke seiner Zelle waren aus dickem Beton, die einzige Tür war geschlossen, und er hatte keinen Schlüssel. Trotzdem gelang es ihm, die Zelle ganz einfach zu verlassen. Wie war das möglich?

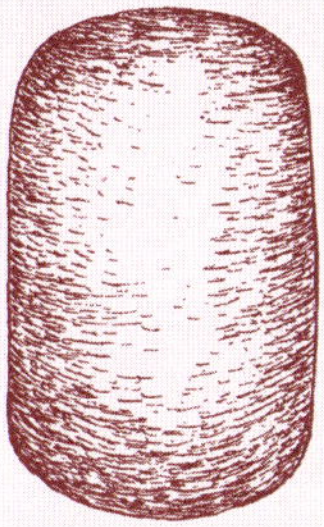

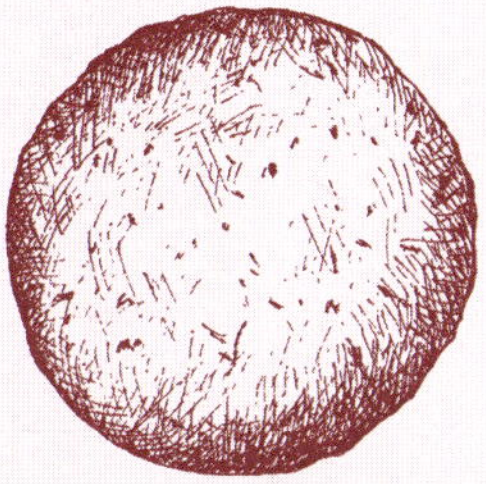

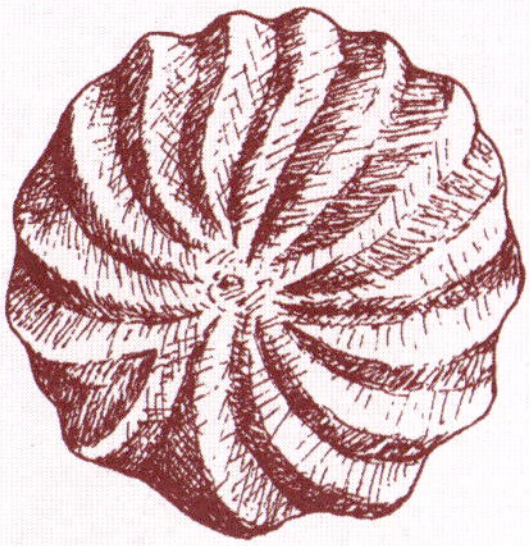

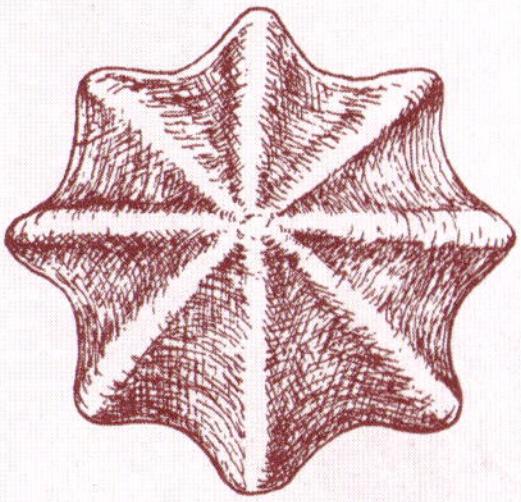

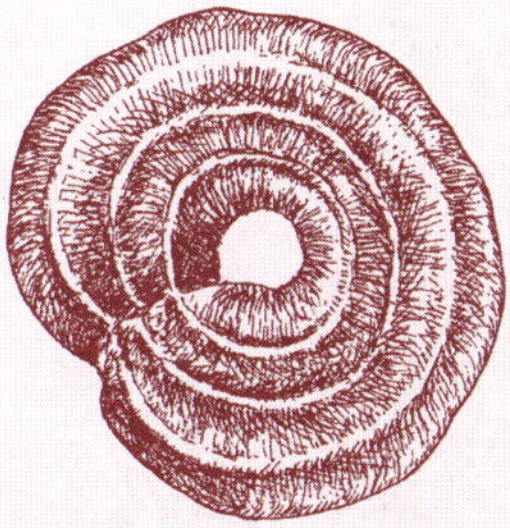

GLÜCKSKEKSE

Um die Ecke gedacht

★ ★ ★

Die Wahrsagerin Florence war im viktorianischen England sehr berühmt. Mit ihren farbenprächtigen Kleidern und ihren stechend blauen Augen, die einem scheinbar direkt in die Seele schauten, war sie aber auch ein Anblick, den man nicht so schnell vergaß. Außerdem backte sie wohlschmeckende Kekse, und etliche Zyniker waren der Ansicht, ihre Kundschaft würde die Kekse im gleichen Maße schätzen wie ihre übersinnlichen Fähigkeiten.

Bertram, der dafür bekannt war, Schwindlern die Maske vom Gesicht zu reißen, beschloss, die Wahrsagerin zu testen. Er war entschlossen, sie zu überführen und besuchte sie im Laufe eines Jahres mehrfach, und zwar am 3. Januar, am 3. März, am 6. Mai, am 9. Juli und am 15. September. An diesem Tag bat Bertram dann die Wahrsagerin vorauszusagen, wann er wieder bei ihr erscheinen würde. Welches Datum nannte sie als Antwort?

EIN NEUES KAPITEL

Gedächtnistraining

★★★

Lesen Sie den unten stehenden Anfang von *In 80 Tagen um die Welt* sorgfältig durch. Beantworten Sie dann die Fragen, ohne nochmals auf den Text zu schauen.

Im Jahre 1872 wohnte in der Savile Row Nummer 7 in Burlington Gardens, in dem Haus, in dem Sheridan im Jahre 1814 gestorben war, Mr Phileas Fogg. Er war eines der bemerkenswertesten Mitglieder des Reform Clubs, war jedoch dem Anschein nach beflissen, nichts zu tun, was Aufsehen erregen konnte. Dieser Phileas Fogg war ein rätselhafter Mann, von dem man nichts weiter wusste, als dass er ein Mann von Welt war. Man sagte, er gleiche Lord Byron – zumindest vom Kopf her. Aber er war ein Byron mit Schnurr- und Backenbart, ein Byron mit leidenschaftslosen Zügen, der tausend Jahre alt werden konnte, ohne zu altern.

Ein echter Engländer war er auf jeden Fall, aber es war fraglich, ob Phileas Fogg ein echter Londoner war. Man sah ihn nie an der Börse oder in einer Bank und auch nie in einem Kontor in der City. Nie lief in den Londoner Docks ein Schiff ein, dessen Eigner Phileas Fogg war. In keinem Komitee hatte dieser Gentleman einen Platz. Nie sah man ihn unter Rechtsanwälten – weder im Temple, noch im Lincoln's Inn oder im Gray's Inn. Niemals plädierte er – weder am Obersten Gerichtshof noch am Schatzkammergericht, an der Queen's Bench oder am Kirchengericht.

FRAGEN

1) Wer war in Foggs Haus 1814 gestorben?
2) Wem sah Fogg angeblich ähnlich?
3) Ergänzen Sie folgenden Satz: Nie sah man ihn unter Rechtsanwälten – weder im Temple noch im __________ Inn oder im __________ Inn.
4) Wie lautet Foggs Adresse?

MODEBEWUSST

Gedächtnistraining

★ ★ ★

Schauen Sie sich die viktorianischen Kleidungsstücke 30 Sekunden lang genau an. Decken Sie sie dann mit einem Stück Papier ab und beantworten Sie die unten stehenden Fragen.

FRAGEN

1) Welches Kleidungsstück ist am häufigsten vertreten: Zylinder, Kleid oder Haube?

2) Welche Farbe ist am häufigsten vertreten: Rot oder Blau?

3) Welches Kleidungsstück ist genau fünfmal vertreten?

GLÜCKLICH BIS AN IHR LEBENSENDE?

Kreativität

★★★

Nachdem er rechtzeitig in London eingetroffen war und die Wette somit gewonnen hatte, heiratete Fogg seine Aouda. Außerdem teilte er seinen Gewinn mit Passepartout und Detektiv Fix. Und was passierte dann? Glauben Sie, dass Fogg und Aouda bis an ihr Lebensende zusammen glücklich waren? Kehrte Fogg zu seiner starren Routine zurück oder wurde er etwas spontaner und entspannter? Denken Sie sich ein paar unterschiedliche Szenarien für die Zeit nach dem Ende des Romans aus.

NATURAL HISTORY MUSEUM

Mathematik

★★★

Das Natural History Museum in London öffnete 1881 seine Pforten. Nach einem Besuch im Reform Club beschlossen Fogg und Passepartout, das Museum zu besuchen. Sie waren entsetzt, als sie hörten, dass in der Nacht zuvor ein berühmtes Fossil aus dem Museum gestohlen worden war. Der Dieb war nicht gefasst worden, aber es war in der Nacht jemand gesehen worden, der sich in großer Eile vom Museum entfernte.
Der Herr, der den Mann weglaufen sah, schätzt dessen Größe auf 5 ft 5 in, glaubt aber, er könne auch zwei Inches kleiner oder größer gewesen sein. Im Museum heißt es, die Polizei habe im Zusammenhang mit dem Diebstahl drei Männer festgenommen. Einer sei 6 ft groß und ein anderer 5 ft 6 in. Die durchschnittliche Größe aller drei Verdächtigen betrage 5 ft 7 in. Angenommen, der Zeuge irrt sich nicht im Hinblick auf die Größe des von ihm gesehenen Mannes und hinsichtlich seiner eigenen Fehlertoleranz – wie viele der drei Verdächtigen könnten dann der Dieb sein?
Kleine Hilfestellung: 1 ft = 12 in.

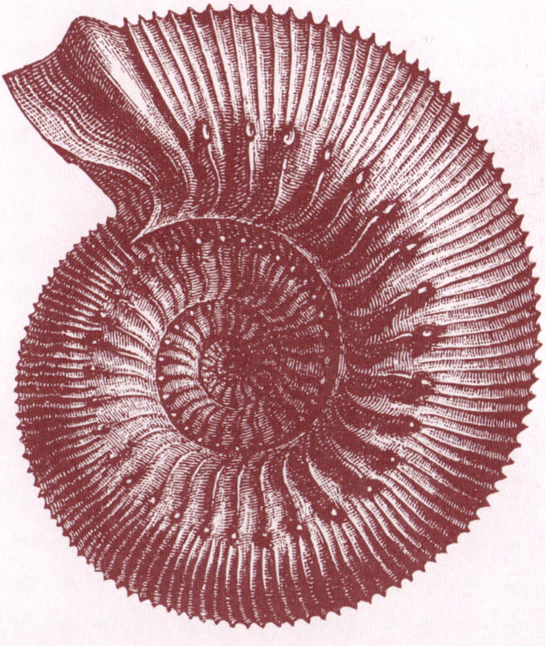

FOGG IM NEBEL

Problemlösung

★★★

Fogg wollte seine Reise um die Welt unbedingt in 80 Tagen schaffen, und manchmal bedeutete das auch, dass er ein Risiko eingehen musste. Heute war so ein Tag – ein geheimnisvoller Nebel stieg über dem Wasser auf, und dem Kapitän graute vor dem Auslaufen. Dies lag daran, dass er das Schiff durch besonders tückisches Wasser würde steuern müssen. Einige gefährliche Felsen lagen nur knapp unter der Wasseroberfläche, und wenn das Schiff mit ihnen zusammenstieß, würde dies zu großem Schaden führen. Als jedoch Fogg mit ein paar Silbermünzen nachhalf, ließ sich der Kapitän widerwillig dazu bewegen, es zumindest zu versuchen.

Können Sie das unten stehende Rätsel lösen und herausfinden, wo überall sich Felsen im Wasser verstecken? Vier Felsen nehmen jeweils nur ein Feld ein – wir haben drei davon schon eingezeichnet, um Ihnen den Anfang zu erleichtern. Weiterhin gib es drei Felsen, die jeweils zwei nebeneinanderliegende Felder einnehmen, zwei Felsen, die drei Felder einnehmen, und einen riesigen Felsen, der vier nebeneinanderliegende Felder einnimmt. Die Zahlen an den Rändern des Rasters geben an, in wie vielen Feldern der entsprechenden Zeile oder Spalte sich Felsen befinden. Jeder der zehn Felsen ist an allen Seiten von Wasser umgeben, auch in der Diagonalen.

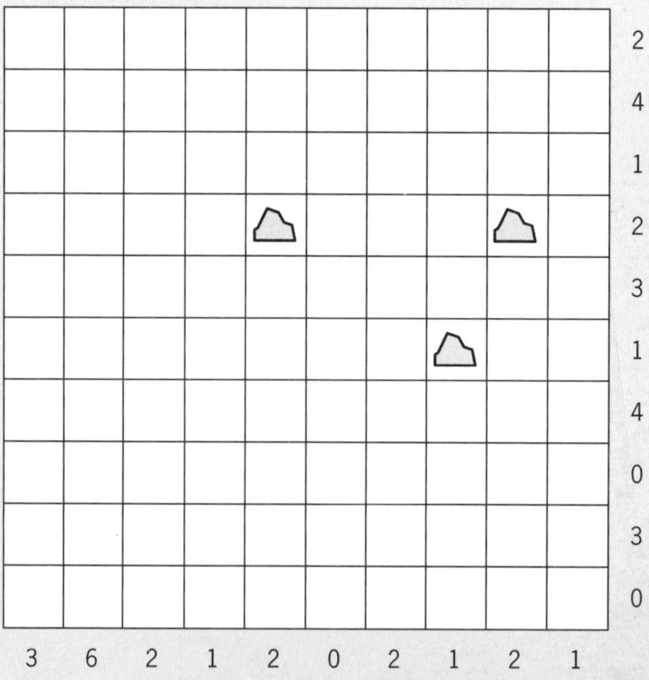

ERFINDUNGEN

Gedächtnistraining

★★★

Schauen Sie sich das obere Raster mit neun Erfindungen aus der Viktorianischen Zeit 30 Sekunden lang an. Decken Sie es dann mit einem Stück Papier ab und betrachten Sie das untere Raster. Zweimal wurden zwei Motive vertauscht. Wissen Sie welche?

GELD AUF DEM KONTO

Mathematik

★ ★ ★

Phileas Fogg wettete die enorme Summe von 20 000 Pfund darauf, dass er die Welt in 80 Tagen umrunden könnte. Hätte er das Geld stattdessen auf einem Bankkonto einige Jahre ruhen lassen, hätte sich die Summe bedeutend vergrößern lassen. Stellen Sie sich vor, die Bank hätte pro Jahr drei Prozent Zinsen gezahlt und Fogg hätte alle Zinsen auf dem Konto gelassen, sodass sich auch das Zinseinkommen Jahr für Jahr vermehrt hätte – wie viel Geld (in auf- oder abgerundeten Tausendern) hätte Fogg nach 20 Jahren insgesamt auf dem Konto gehabt?

PASSAGIERZAHLEN

Mathematik

★★★

Im Roman werden verschiedene Dampfschiffe erwähnt, darunter die *Mongolia*, die *Rangoon*, die *Carnatic*, die *General Grant* und die *China*. Angenommen, auf der *Mongolia* sind 42 Passagiere, auf der *Rangoon* 54 und auf der *Carnatic* 68. Insgesamt sind 244 Passagiere auf den fünf Schiffen. Wie viele Passagiere sind dann auf der *General Grant*, wenn auf ihr anderthalbmal so viele wie auf der *China* sind?

ROTE KARTEN

Um die Ecke gedacht

★★★

Phileas Fogg brachte Aouda seine liebsten Kartenspiele bei und unterrichtete sie gleichzeitig auch im Rechnen. Er nahm sein Spiel mit den üblichen 52 Karten zur Hand und sortierte die roten Karten aus – also alle Herzen und alle Karos. Dann sagte er zu Aouda: *„Schau dir alle roten Karten auf dem Tisch an. Wenn du vier davon wegnimmst, wie viele Karten hast du dann?“*

SCHULGELD

Mathematik

★★★

Mit Pfund, Schilling und Pence umzugehen, war gar nicht so einfach, und deshalb verbrachten viktorianische Schulkinder viel Zeit mit dem Berechnen von Geldsummen. Dies war sehr wichtig, da sie nur so lernen konnten, ihr zukünftiges Einkommen zu verwalten.

Eines Tages brachte eine Lehrerin einige glänzende Pennys mit in die Schule, damit die Kinder sehen konnten, um was es bei ihren Aufgaben ging. Insgesamt hatte sie 105 Pennymünzen. Sie gab dem ersten Kind einen Penny, dem zweiten zwei Pennys, dem dritten drei und so weiter, bis sie auf diese Weise den Schülern alle ihre Pennys gegeben hatte. Wie viele Schüler waren in der Klasse?

DROSCHKENKUTSCHER

Um die Ecke gedacht

★★★

Fogg und Passepartout nahmen eine Droschke zur Charing Cross Station. Fogg war recht schweigsam, also beschloss Passepartout, ein wenig mit dem Kutscher zu plaudern. Es stellte sich jedoch heraus, dass dieser taub war, als er nämlich, nachdem Passepartout zu sprechen begonnen hatte, auf seine Ohren zeigte und mit seinen Lippen zu verstehen gab, dass er nicht hören konnte. Der Rest der Fahrt verlief schweigend.
Nachdem sie am Bahnhof angekommen waren, bezahlte Fogg den Kutscher ohne zu sprechen, der Kutscher nickte, und sie stiegen aus. In diesem Moment wurde Passepartout plötzlich klar, dass der Kutscher gar nicht taub sein konnte. Woran hat er das bemerkt?

SALATVERWIRRUNG

Um die Ecke gedacht

★★★

In einem vornehmen Londoner Restaurant versuchte der Küchenchef herauszufinden, wie viel er von jedem Gemüse vorrätig hatte. Er wusste, dass er viel Spargel, viele Zwiebeln und viele Tomaten hatte, und plante, damit einen köstlichen Salat zuzubereiten, den er zusammen mit dem Hauptgang – fangfrischem Lachs an Kartoffelgratin – servieren wollte. Er hatte allerdings Probleme mit den genauen Mengen. Er wusste, dass er insgesamt 200 Stück Gemüse hatte. Außerdem wusste er, dass drei Viertel der Anzahl der Zwiebeln der doppelten Anzahl der Tomaten plus der halben Anzahl der Tomaten plus einem Viertel der Anzahl der Tomaten plus zwei entsprach. Wie viele Artischocken hatte er also?

WANN TREFFEN WIR DREI WIEDER ZUSAMMEN?

Problemlösung

★★★

Die drei Gouvernanten Harriet, Helena und Hetty trafen sich immer gern zu einer Tasse Tee und einer kleinen Plauderei, wenn sie es schafften, einen gemeinsamen freien Tag zu finden. Leider kam das nicht allzu oft vor. Jede von ihnen war seit dem 1. Februar bei einer Familie der Londoner Oberschicht angestellt, und obwohl die Arbeit anstrengend war, waren alle drei fasziniert von dem glamourösen Leben, das die Familien führten.

Harriets Arbeitgeber war am großzügigsten: Sie arbeitete immer fünf Tage hintereinander und hatte dann einen Tag frei. Helenas Arbeitgeber gaben ihr jeden siebten Tag frei, während die arme Hetty nur an jedem achten Tag frei hatte. Wie oft konnten sich Harriet, Helena und Hetty also zum Tee treffen?

SÜSSE TRÄUME

Logik

★★★

Die drei Schwestern Rosa, Rosetta und Rosina träumen von ihren liebsten Süßigkeiten. Eine von ihnen ist geradezu süchtig nach Bonbons, die andere liebt Zitronensorbet und die dritte hat eine Vorliebe für Toffees. Können Sie anhand der Hinweise herausfinden, von welcher Süßigkeit jede Schwester träumt und welche Farbe (rosa, blau oder grün) die Tüte hat, in der sie jeweils enthalten ist? Versuchen Sie, das Rätsel im Kopf zu lösen und tragen Sie die Lösung direkt in die Tabelle ein.
Rosa träumt nicht von Bonbons, und ihre Süßigkeit ist auch nicht in einer rosa Tüte. Rosetta träumt nicht von den Toffees, die in einer grünen Tüte stecken. Rosinas liebste Süßigkeit steckt in einer blauen Tüte, aber Zitronensorbet ist es nicht.

Name	Süßigkeit	Tütenfarbe
Rosa		
Rosetta		
Rosina		

TEMPERATURMESSUNG

Problemlösung

★ ★ ★

Von der Zugfahrt durch Utah in Richtung des Großen Salzsees berichtete Passepartout: *„Es war kalt, der Himmel war grau, aber es schneite nicht.“* Er hatte kein Thermometer bei sich, mit dem er die Temperatur hätte messen können, aber er schätzte sie auf um die null Grad.

Können Sie das unten abgebildete Rätsel lösen, in dem mehrere unterschiedliche Thermometer zu sehen sind? Tragen Sie die Zahlen 1–9 einmal in jede Zeile und Spalte sowie in jedes fett umrandete Feld à 3 × 3 Kästchen ein. Außerdem müssen die Zahlen in den Thermometerkästchen der Temperaturskala entsprechend ansteigen, d. h. in den Kreisformen muss die jeweils niedrigste Zahl stehen und am anderen Ende des Thermometers die höchste.

		1		3				
5							4	2
							6	
				9				8
4				8				
	2							
3	9							5
				1		6		

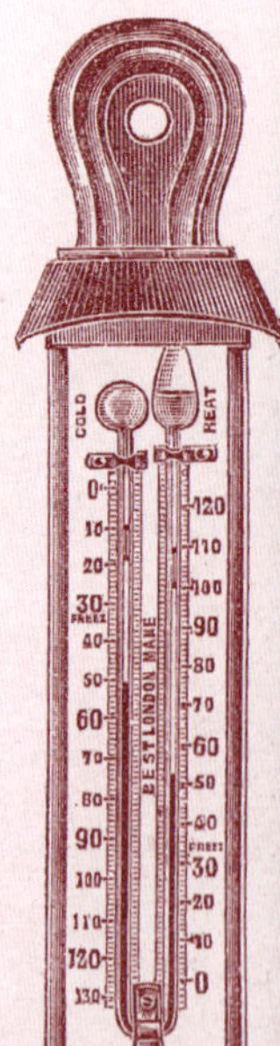

DER GOLDENE GLOBUS

Mathematik

★★★

Dann und wann erreichten Nachrichten zu Foggs geografischen Fortschritten den Reform Club, und seine Mitglieder markierten sie mit farbigen Etiketten auf ihrem goldenen Globus, der einen Durchmesser von 12 Inches hatte.

Ein Mitglied versuchte die Distanz zu berechnen, die Fogg bis dato zurückgelegt hatte. Mithilfe einer straff gespannten Schnur konnte er feststellen, dass Fogg auf dem Globus bis jetzt 5 Inches weit gereist war. Der Umfang der Erde beträgt 24901 Meilen – wie viele Meilen hatte Fogg an diesem Punkt seiner Reise also zurückgelegt? Nehmen Sie für die Zahl Pi den Wert 3,14 an und runden Sie Ihr Ergebnis auf die nächste volle Meile auf oder ab.

ZU VIELE KÖCHE ...

Logik

★ ★ ★

Drei Köche kochen an Bord der *Rangoon* Suppe für Fogg, Passepartout und Aouda. Der erste kocht Hühnersuppe, der zweite Tomatensuppe und der dritte Gemüsesuppe. Können Sie herausfinden, welche Art Suppe jeder Koch zubereitet und für wen? Nutzen Sie hierzu die folgenden Hinweise. Tragen Sie die Lösung direkt in die Tabelle ein und machen Sie sich vorher keine Notizen.
Jackson kocht Hühnersuppe, aber nicht für Mr Fogg. Für Aouda wird Tomatensuppe zubereitet. Johnson kocht für Mr Fogg eine köstliche Suppe.

Name	kocht für ...	Art der Suppe
Jackson		
Johnson		
Thompson		

AB IN DIE LÜFTE

Wahrnehmung

★★★

Ein viktorianischer Gentleman beschloss, seine Frau am Valentinstag damit zu überraschen, ihr ihren sehnlichsten Wunsch zu erfüllen, nämlich eine Fahrt mit einem Heißluftballon. Als sie jedoch am Startplatz ankamen, mussten sie feststellen, dass einige andere Paare dieselbe Idee hatten, denn mehrere Heißluftballons warteten darauf, mit ihren Passagieren in die Lüfte aufzusteigen. Leider waren die Ballons im Gegenlicht nur schwer zu erkennen, und man konnte die Farben nicht unterscheiden. Können Sie herausfinden, welche der fünf Silhouetten (A–E) mit dem rot-blauen Ballon übereinstimmt, den der Gentleman für sich und seine Frau gebucht hat?

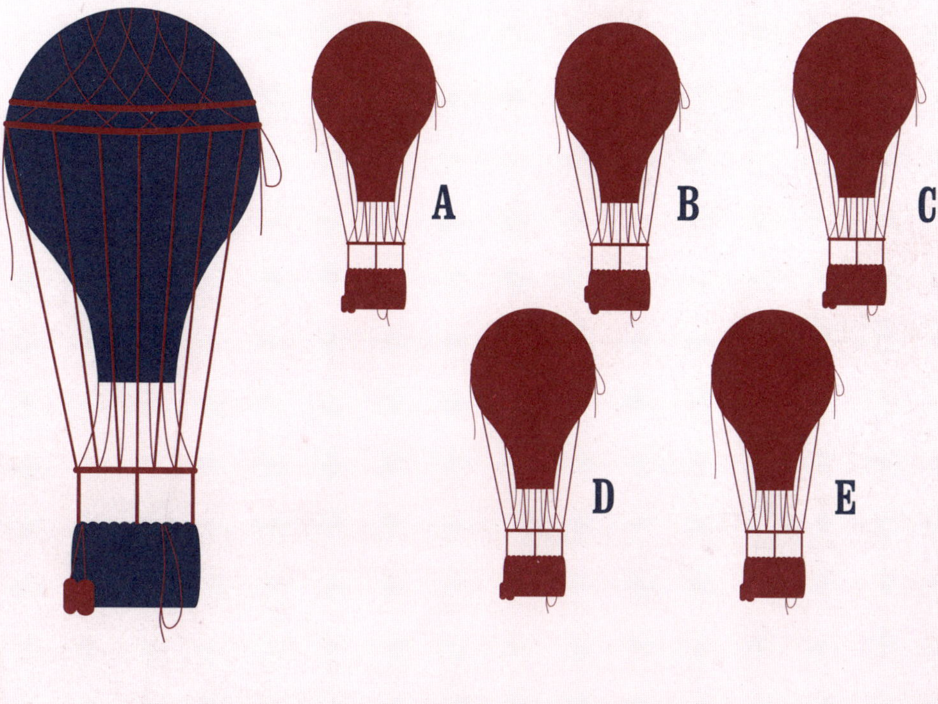

SCHIFFSBEWERTUNG

Wahrnehmung

★★★

Als er wieder glücklich zu Hause angekommen war und sich all die überstandenen Dramen und Krisen der Reise nach und nach in angenehme Erinnerungen verwandelten, beschloss Passepartout, einige der Dampfschiffe, mit denen er gereist war, zu bewerten. Wenn er an die *Mongolia* 36 Punkte vergibt, an die *China* 15 Punkte und an die *Rangoon* 28 – wie viele Punkte bekommt dann die *Henrietta?*

SCHEUNENSTURM

Um die Ecke gedacht

★★★

Detektiv Fix unterhielt seine Mitreisenden mit einer seiner Geschichten. Er erzählte ihnen, wie er einmal einen Mörder bis zu einer Scheune verfolgt hatte und dann, nachdem er sich versichert hatte, dass niemand anders sich in ihr befand, in die Scheune gestürmt war. Wie erwartet stieß er darin auf den gesuchten Mann. Da es keinen Zweifel an seiner Identität und seiner Schuld gab, nahm der Detektiv ihn fest. Doch bereits 20 Minuten später wurde derselbe Mann in einem Pub gesehen, völlig sorglos und ohne Furcht vor Verfolgung. Wie war das möglich?

SAUCENZUG

Mathematik

★★★

Ein Güterzug fuhr die Schienen entlang und beförderte Waren in einem Tempo von Stadt zu Stadt, das man nur eine oder zwei Generationen früher noch nicht für möglich gehalten hätte. Zur Ladung gehörte auch ein großes Fass mit 400 Pfund Saucenpulver. Das Fass hatte jedoch ein Loch, durch das pro Stunde fünf Pfund des Pulvers verschwanden.

Der Zug legte 27 Meilen bei einer Geschwindigkeit von 45 Meilen pro Stunde zurück. Wie viel Saucenpulver war am Ende der Fahrt noch im Fass?

BALLONBESITZER

Problemlösung

★★★

Fogg hatte Aouda zu einer Ballonfahrt eingeladen. Etliche Unternehmer boten inzwischen diese Fahrten an, bei denen die Passagiere erstmals sehen konnten, wie die Welt von hoch oben aussah.

Als sie auf dem großen Feld ankamen, von dem aus der Ballon starten sollte, waren dort zwölf Heißluftballons, und neben jedem von ihnen stand sein Besitzer. Können Sie herausfinden, wo genau die einzelnen Besitzer standen, und sie in das unten stehende Raster einzeichnen? Es gelten folgende Regeln: Zwei Besitzer können niemals direkt nebeneinanderstehen, auch nicht in der Diagonalen. Die Zahlen an den Rändern des Rasters verweisen darauf, wie viele Ballonbesitzer sich in einer bestimmten Zeile oder Spalte befinden. Jeder Besitzer steht direkt neben seinem Ballon, aber nicht in der Diagonalen. In Fällen, in denen mehrere Personen neben einem Ballon stehen, ist es möglich, den Besitzer desselben eindeutig zu bestimmen.

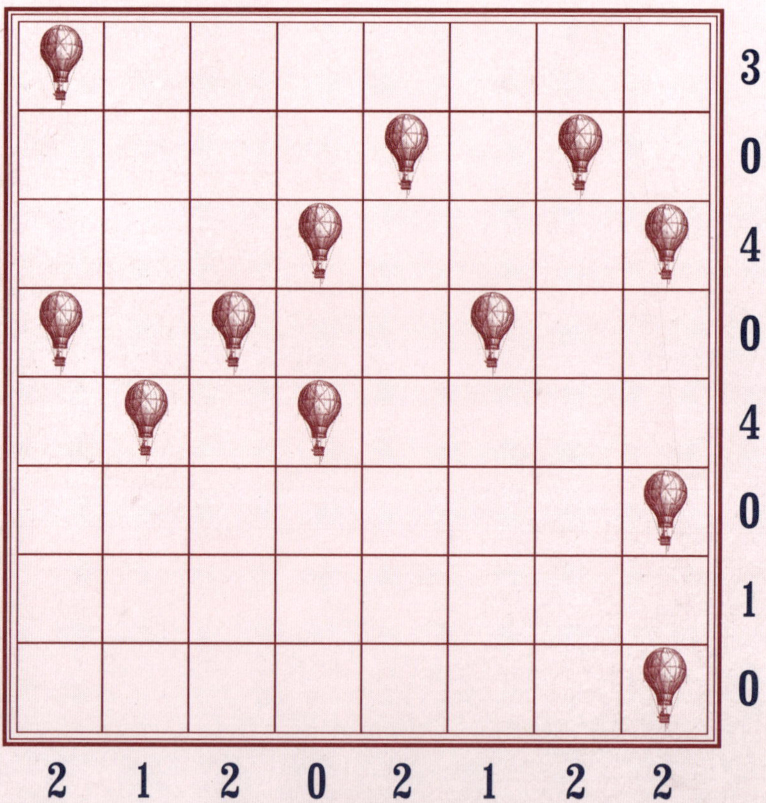

HAUPTVERDÄCHTIGER

Um die Ecke gedacht

★ ★ ★

Auch wenn Detektiv Fix mit seiner Vermutung, Fogg sei ein Dieb, komplett falsch lag, hatte er doch zur Lösung etlicher Fälle beigetragen. Bei einem dieser Fälle aus dem Jahr 1869 ging es um eine Serie grauenhafter Morde in London. Obwohl der Mörder noch nicht gefasst war, kannte die Polizei doch aufgrund der Wachsamkeit von Detektiv Fix den Hauptverdächtigen – sie hatte ihn nur noch nicht auf frischer Tat ertappen können. Der Mörder pflegte eines der Londoner Theater zu besuchen, um auf einen der Schauspieler nach der Vorstellung am Eingang zu warten und dann zuzuschlagen.

Da es nicht möglich war, jeden Abend jedes Theater zu bewachen, versuchte Fix, die Optionen zu verringern. Er warf einen Blick auf die Daten, an denen der Killer zugeschlagen hatte, und stellte fest, dass die jüngsten Verbrechen am 31. Januar, am 11. Februar, am 23. Februar, am 27. Februar und am 7. März verübt worden waren. An welchem Folgedatum sorgte Fix also für massive Polizeipräsenz an den wichtigsten Londoner Theatern?

TELEGRAMMKOSTEN

Mathematik

★ ★ ★

Telegramme waren im Viktorianischen Zeitalter sehr beliebt, und viele Menschen nutzten sie, um mit ihren Verwandten auf der ganzen Welt zu kommunizieren. Die Wortpreise waren jedoch recht hoch, weshalb die meisten Leute nur sehr kurze Nachrichten verschickten. Ein Telegramm kostete einen Penny (1 d) pro Wort, und das Minimum lag bei 10 Worten pro Nachricht. Dies führte dazu, dass ein Großteil der Kunden Telegramme verschickten, die genau 10 Worte umfassten. Um sie dazu zu bringen, längere Nachrichten zu verschicken, beschloss ein Telegrammdienst, die Kosten für längere Nachrichten probeweise zu senken. Die Worte 11–20 waren um 10 Prozent günstiger als die Worte 1–10, die Worte 21–30 um 20 Prozent günstiger, die Worte 31–40 um 30 Prozent und so weiter bis zu den Worten 91–100, die um 90 Prozent günstiger waren als die Worte 1–10.
Wenn Phileas Fogg also nach diesem System eine Nachricht von 100 Worten senden wollte, um seine Bekannten über seine Reise auf dem Laufenden zu halten, wie viel würde ihn solch ein Telegramm in Schilling und Pennys kosten? (12 Pennys = 1 Schilling)

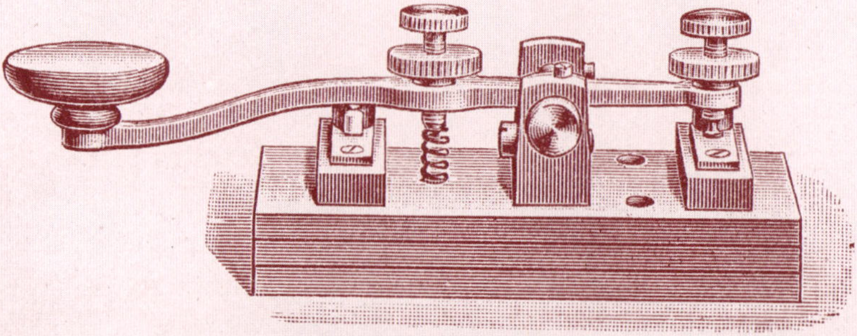

JUNG IM HERZEN

Um die Ecke gedacht

★ ★ ★

Sir Francis Cromarty war einer von Foggs Whistpartnern auf der *Mongolia*. Er war 50 Jahre alt, aber noch sehr lebhaft. Eines Abends jedoch, als sie gerade den Sonnenuntergang bewunderten, teilte er Phileas Fogg etwas Erstaunliches mit: Obwohl er 50 Jahre alt war, hatte er seinen Geburtstag nur zwölfmal gefeiert – er war also wirklich jung im Herzen. Wie war das möglich?

SCHACHPARTIE

Problemlösung

★ ★ ★

Aufgrund des ständigen Zeitdrucks und all der Hindernisse auf der Reise, hatte Fogg manchmal das Gefühl, eine Partie Schach zu spielen, die 80 Tage dauerte. Können Sie das folgende Schachrätsel lösen?

Der König ist auf jedem Feld auf dem unten abgebildeten Schachbrett von 10 × 10 Feldern genau einmal gewesen. Die Felder 1 und 100 sind farbig unterlegt, einige weitere Felder durch eine Ziffer markiert. Vervollständigen Sie nunmehr das Raster und tragen Sie in jedes leere Feld die passende Ziffer ein, sodass man den Weg des Königs ohne Unterbrechung von Feld 1 bis zu Feld 100 nachverfolgen kann. Der König darf sich pro Spielzug um genau ein Feld fortbewegen, auch diagonal.

	45		43		41			37	
		50		52		54			35
	68		66		64	59	58		
	70	71		90					
73			13					61	
					1	9	93		31
	86			4	2		97	95	
	84					100	98		
		82		17	21		99	28	
78			18			22			26

AUF DER *CHINA* NACH LIVERPOOL

Problemlösung

★★★

Auf ihrer letzten Etappe wollten die Reisenden eigentlich mit einem Dampfschiff namens *China* über den Atlantik nach Liverpool fahren, doch sie mussten umdisponieren. Wie oft können Sie das Wort „CHINA“ im unten stehenden Raster finden? Sie dürfen sich von jedem Buchstaben aus in horizontaler oder vertikaler Richtung zum nächsten Buchstaben fortbewegen.

			C			
		C	H	I		
	I	N	A	C	H	
C	H	I	N	A	C	C
	I	N	A	N	H	
		C	H	I		
			C			

PLAUDEREI NACH DEM ESSEN

Logik

★★★

Sullivan, Fallentin und Stuart, drei Mitglieder des Reform Clubs, unterhielten sich miteinander, nachdem sie in einem exklusiven Londoner Restaurant zu Mittag gegessen hatten. Sie sprachen darüber, was sie am liebsten aßen und tranken. Können Sie anhand der Hinweise die Lieblingsspeisen und -getränke aller drei Mitglieder herausfinden? Versuchen Sie das Rätsel im Kopf zu lösen, und tragen Sie die Ergebnisse direkt in die Tabelle ein.

Fallentins Lieblingsessen ist nicht Steak oder Lamm, dafür mag er gebratenes Huhn umso lieber. Der Portweintrinker mag nicht gern Steak, und der Brandyliebhaber isst gern Lamm. Stuart trinkt nicht gern Sherry.

Name	Lieblingsessen	Lieblingsdrink
Fallentin		
Stuart		
Sullivan		

SAMUEL FALLENTIN

Problemlösung

★ ★ ★

Einer von denen, der mit Fogg darum gewettet hatte, ob er es schaffen könnte, die Welt in 80 Tagen zu umrunden, war der Bankier Samuel Fallentin. Können Sie jeden Buchstaben seines Vornamens – S, A, M, U, E, L – genau einmal in jeder Zeile, jeder Spalte und jedem fett umrandeten Feld à 3 × 2 Kästchen unterbringen und so das unten abgebildete Raster füllen?

A			U		
		M	A		
		E			U
S			E		
		A	M		
		U			S

VERWIRRUNG IM HOTEL

Um die Ecke gedacht

★★★

Aouda blieb allein im Club Hotel, bevor die Reisenden am nächsten Morgen mit der *Carnatic* in See stechen sollten. Sie war erschöpft von den überstandenen Abenteuern und ging sofort ins Bett. Jedoch hatte sie kaum die Augen geschlossen, als sie von einem Klopfen an der Tür wieder geweckt wurde. Sie dachte, es sei bestimmt ein Angestellter des Hotels, doch stattdessen stand sie einem Unbekannten gegenüber. Ein paar Sekunden lang sprach er nicht, aber dann sagte er: *„Es tut mir sehr leid, Madam. Ich dachte, dies sei mein Zimmer, aber ich habe mich offenbar geirrt. Bitte entschuldigen Sie.“* Aouda kam das Ganze verdächtig vor, und sie wusste instinktiv, dass der Mann gelogen hatte. Warum glaubte sie ihm nicht, dass er sich ganz einfach in der Tür geirrt hatte?

NICHT BEKANNTE UNBEKANNTE

Um die Ecke gedacht

★★★

In einem fernen Land wartete Detektiv Fix ungeduldig auf ein Telegramm von seinen Vorgesetzten, denn er wollte wissen, ob er Fogg nun verhaften sollte oder nicht. Um die Wartezeit totzuschlagen, versuchte er sich an ein paar Denksportaufgaben, die er in einer englischen Zeitung gefunden hatte. Eines dieser Rätsel lautete:

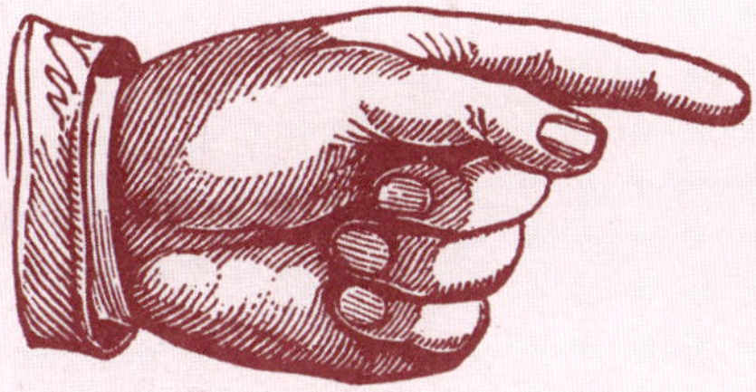

„Mich kann es nur geben, wenn du nicht weißt, dass es mich gibt. Wenn du weißt, dass es mich gibt, kann es mich nicht geben. Was bin ich?“

Nachdem er sich ein paar Mal am Kopf gekratzt hatte, wusste Fix die Antwort. Was ist es?

HEIMWEH IN ZAHLEN

Kreativität

★★★

Je länger die Reise dauerte, desto öfter litt Phileas Fogg unter Heimweh. Angenommen, er dachte am ersten Tag der Reise einmal an zu Hause, am zweiten Tag zweimal, am dritten Tag dreimal und so weiter – wie oft hatte er dann am 80. Reisetag insgesamt an seine Heimat gedacht?

JEDE MENGE HEISSLUFTBALLONS

Problemlösung

★★★

Der kleine Basil liebte Heißluftballons und so nahm ihn sein Vater Gilbert an seinem Geburtstag mit zu einer Ballonvorführung. Basil war ganz überwältigt von der farbenfrohen Schau und schwor sich, dass er eines Tages selbst zum Himmel aufsteigen würde.

Als er wieder zu Hause war und noch immer an die vielen Heißluftballons dachte, fertigte er die folgende Zeichnung an. Können Sie das Raster in Vierergruppen aus je einem hellroten, einem dunkelroten, einem hellblauen und einem dunkelblauen Ballon unterteilen?

ALLERLEI LICHT

Wahrnehmung

★★★

Eine der wichtigsten Erfindungen der Viktorianischen Ära war die Glühbirne. Schauen Sie sich die abgebildeten Glühbirnen an – können Sie sagen, welche davon ganz unten liegt?

EINE PARTIE WHIST

Problemlösung

★★★

An Bord der *Mongolia* spielte Fogg mit drei Mitspielern Whist – mit einem Geistlichen, einem Steuerinspektor und einem Brigadegeneral. Sie saßen an den vier mit Norden, Osten, Süden und Westen bezeichneten Seiten eines viereckigen Tisches. Können Sie anhand der unten stehenden Hinweise herausfinden, an welcher Seite welcher der Männer saß?

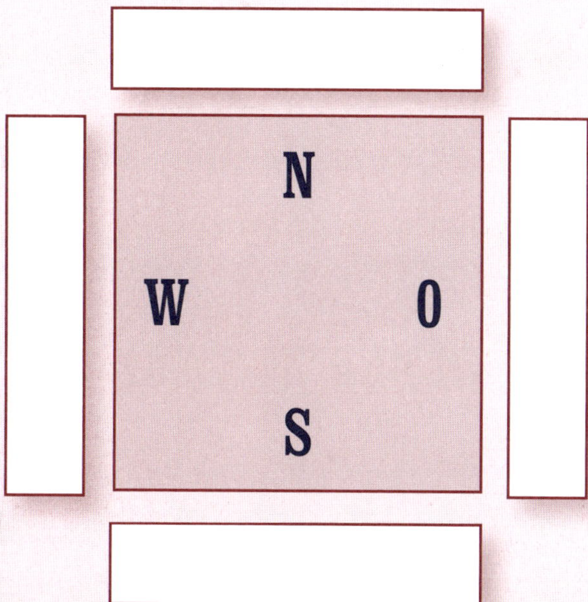

Im Osten sitzt kein Mann Gottes.

Fogg sitzt im Süden, aber nicht gegenüber dem Steuerinspektor.

Dem Brigadegeneral gegenüber sitzt entweder der Steuerinspektor oder der Geistliche.

Im Westen sitzt kein Steuerinspektor.

FARBENFROHE KUNST

Um die Ecke gedacht

★ ★ ★

Phileas Fogg bestaunte das Gemälde eines Künstlers, der gern mit Farben experimentierte. Gerade in diesem Kunstwerk hatte er das in besonders auffälliger Weise getan. Er hatte Gegenstände, die in Wirklichkeit rot waren, orange dargestellt, grüne Gegenstände blau gemalt und violette Gegenstände rot. Welche Farbe hatte er also für Gegenstände benutzt, die im wahren Leben blau waren?

IN DER KLEMME

Um die Ecke gedacht

★ ★ ★

Nachdem er peinlicherweise den falschen Mann um die ganze Welt verfolgt hatte, war Fix wild entschlossen, solch einen Fehler nie wieder zu machen. Eines Abends jagten er und sein Kollege einen Mann, der – wie später herauskam – Peter hieß. Allerdings war der Verdächtige von Kopf bis Fuß in Schwarz gekleidet, und es war stockfinstere Nacht. Fix sah ihn in einem Haus verschwinden, folgte ihm, erreichte das Haus 20 Sekunden später und ging hinein, während sein Kollege zur Hinterseite des Hauses rannte, um sicherzugehen, dass dort niemand entwischen konnte. In den verschiedenen Zimmern des Hauses stieß Fix auf einen Polizisten und drei weitere Personen. Niemand von ihnen trug Schwarz, und er erkannte auch niemanden wieder. Nachdem jedoch sein Kollege versichert hatte, dass niemand das Grundstück in der Zwischenzeit verlassen hatte, nahm Fix den Polizisten fest. Warum tat er das?

IM BANN DER ZEIT

Problemlösung

★★★

Es konnte nicht ausbleiben, dass sowohl Fogg als auch Passepartout ein ungesundes Verhältnis zum Thema Zeit entwickelten, da dieses ihre achtzigtägige Reise um die Welt so sehr beherrschte. Eines Tages ging Fogg sogar so weit, alle Zeitangaben einer 12-Stunden-Uhr niederzuschreiben – von 12.00 Uhr bis 11.59 Uhr. Einige dieser Zeitangaben zeigten dabei vorwärts und rückwärts gelesen dieselbe Zeit an – wie etwa 1.01 Uhr. Wissen Sie, wie groß der größte Abstand zwischen zwei solchen palindromischen Zeitangaben auf einer 12-Stunden-Uhr ist? Und wie klein der kleinste?

IM IRRGARTEN

Problemlösung

★★★

Eine viktorianische Familie besuchte einen vornehmen Landsitz, der für seine prachtvollen Gärten berühmt war. Abgesehen von der unglaublichen Vielfalt an Bäumen, die der Besitzer aus allen Teilen der Welt hatte herbeischaffen lassen, war vor allem ein ungewöhnlicher Irrgarten besonders bemerkenswert. Er bestand aus Holzstücken, die von den Bäumen herabgefallen waren und die er in vier verschiedene Formen (Kreis, Quadrat, Dreieck und Stern) hatte schneiden und von 1 bis 4 nummerieren lassen. Das Ziel bestand darin, von ganz oben links im Labyrinth nach ganz unten rechts vorzurücken. Finden Sie den Weg? Man darf pro Zug um ein Feld vorrücken, und zwar horizontal oder vertikal, aber man darf nur auf ein Feld vorrücken, das dieselbe Nummer oder dieselbe Form hat wie das Feld, auf dem man gerade ist.

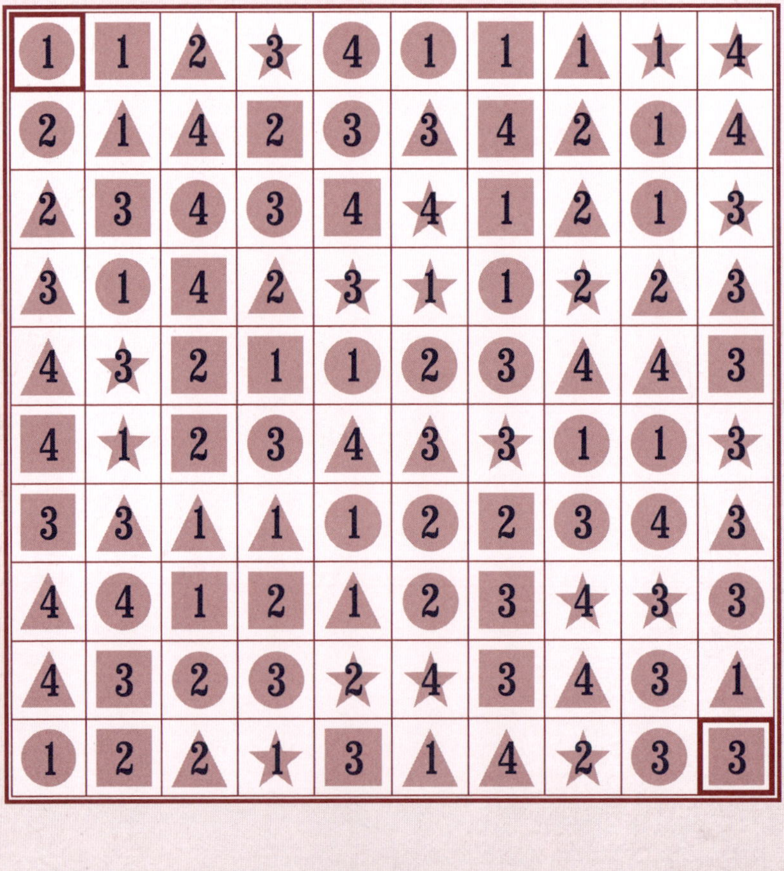

DEM EIGENEN SCHWANZ NACHJAGEN

Problemlösung

★★★

Für Passepartout war es einer jener Tage, an denen nichts von dem, was er tat, für seinen pingeligen Herrn gut genug war. An jeder Arbeit, die er erledigte, hatte Fogg etwas auszusetzen, und wenn er versuchte, seine Fehler wieder auszubügeln, hatte das nur weitere Aufgaben zur Folge. Passepartout hatte das Gefühl, seinem eigenen Schwanz nachzujagen und kaum voranzukommen.

Können Sie das folgende Rätsel lösen und die Liniensegmente so zusammenfügen, dass sie eine Schlaufe bilden? Es geht darum, eine einzige, ununterbrochene Linie entstehen zu lassen, die genau einmal durch jedes Feld verläuft. Die Linie darf sich selbst nicht kreuzen.

VERTEUFELT SCHWIERIG

FIGURENSUCHE

Problemlösung

★★★

Auf der folgenden Seite sind die Vor- oder Zunamen von sieben Figuren aus dem Roman *In 80 Tagen um die Welt* in einem Raster versteckt. Die Buchstaben eines jeden Namens stehen in (auch diagonal) aneinander angrenzenden Feldern, sodass man genau hinschauen muss, um alle Namen zu finden. Wenn Sie einen Namen gefunden haben, heben Sie ihn im Raster hervor und streichen Sie ihn unten aus. Können Sie, wenn Sie alle Namen gefunden haben, herausfinden, welcher weitere Vorname einer Figur sich im Raster versteckt?

X	Q	A	G	F	B	U	N	S	J	A	H	F	F	V
D	F	N	J	G	F	J	B	A	B	C	O	O	G	H
M	G	D	H	F	D	Y	H	M	O	J	G	U	C	X
W	E	R	H	J	K	U	T	D	C	B	D	J	K	O
U	V	E	S	C	G	S	J	K	I	A	J	H	G	M
N	B	V	C	X	I	G	H	R	J	K	I	O	U	Y
T	F	D	C	C	J	K	A	N	B	V	C	N	Q	Q
D	E	A	N	R	E	L	G	H	J	H	A	A	G	G
K	R	C	M	E	E	P	E	F	H	L	J	G	A	C
F	X	S	D	E	R	H	U	J	F	K	J	A	L	O
P	K	N	G	J	P	R	E	S	D	B	F	N	J	V
C	D	S	S	U	L	L	I	V	B	N	G	W	E	R
T	U	H	G	F	J	K	L	V	S	A	B	V	C	H
O	U	T	R	E	E	W	G	H	A	J	H	G	H	M
B	V	L	O	P	H	G	D	G	J	N	K	C	A	T

ANDREW
AOUDA
BUNSBY
FLANAGAN
FRANCIS
RALPH
SULLIVAN

VERTEUFELT SCHWIERIG

FESTNAHME

Problemlösung

★★★

Der wahre Bankräuber James Strand war am 17. Dezember in Edinburgh festgenommen worden. Fix erkannte seinen Irrtum, und Fogg wurde aus dem Gefängnis entlassen. Können Sie im Raster auf der folgenden Seite jeden Buchstaben des Wortes „EDINBURGH" genau einmal in jede Zeile und Spalte sowie in die fett umrandeten Felder à 3 × 3 Kästchen eintragen? Dabei darf ein Buchstabe niemals direkt neben den beiden Buchstaben stehen, an die er im unten abgebildeten Kreis angrenzt. Der Buchstabe D darf zum Beispiel im Raster nicht an ein E oder I angrenzen und ein H niemals an ein G oder E. Diese Einschränkung gilt auch über den Rand einer Zeile hinweg – da beispielsweise der letzte Buchstabe in Zeile fünf ein N ist, darf der erste Buchstabe in Zeile fünf kein I oder B sein.

						D		
				E				
					E		B	
								N
						I		
				U	H	B		
			E				U	
						R		

DÜNNE LUFT

Mathematik

★★★

Ein furchtloser Abenteurer wollte mit seinem Heißluftballon in große Höhen aufsteigen, um einen 10 000 Fuß hohen Berg zu überqueren. Er hatte berechnet, dass die Tragkraft seines Ballons sich alle 100 Fuß um 2 Pfund verringern würde. Wie viel Ballastsand sollte er also mit sich führen, um dem entgegenzuwirken?

MÖRDERFRAGE

Um die Ecke gedacht

★★★

Während sie auf eines ihrer Dampfschiffe warteten, erzählte Detektiv Fix Passepartout von einigen seiner Fälle. In einem dieser Fälle ging es um einen Mann, der einen heftigen Streit mit seinem Großvater gehabt und ihn dann kaltblütig ermordet hatte. Was diesen Fall allerdings so besonders machte, war, dass der Großvater der Ehefrau des Mörders genau zur gleichen Zeit verstarb, obwohl er bis dahin immer gesund gewesen war. Können Sie erklären, wie das passieren konnte?

MAULTIERRITT

Mathematik

★★★

Passepartout rannte mit einer Geschwindigkeit von neun Meilen pro Stunde zum Bahnhof, um einen Zug zu erreichen, während Fogg aus diversen Gründen auf einem Maultier ritt, das sechs Meilen pro Stunde schaffte. Von ihren unterschiedlichen Startpositionen aus mussten beide bis zum Bahnhof eine Strecke von anderthalb Meilen zurücklegen, doch Fogg war vier Minuten vor Passepartout losgeritten. Wer von beiden erreichte den Bahnhof zuerst?

WIE SPÄT IST ES?

Problemlösung

★ ★ ★

Eine der Folgen ihres Wettlaufs gegen die Zeit war, dass Fogg seinen Diener Passepartout ständig fragte: *„Wie spät ist es?“* Schauen Sie sich die unten abgebildeten vier Uhren genau an und tragen Sie dann die Zeit ein, die die fünfte Uhr Ihrer Meinung nach anzeigen sollte.

„J" WIE „JULES"

Problemlösung

★★★

In 80 Tagen um die Welt wurde von Jules Verne geschrieben. Können Sie einen Weg durch dieses Labyrinth finden, das wie ein J geformt ist?

„V“ WIE „VERNE“

Mathematik

★★★

Können Sie dieses Zahlenrätsel in V-Form lösen? Die Zahlen in den hell unterlegten Feldern geben die Gesamtsumme der weißen Felder in der jeweiligen Zeile oder Spalte an. Beim Ausfüllen können Sie die Zahlen 1–9 benutzen, aber eine Zahl darf sich während eines Spielzugs nicht wiederholen. Wenn demnach das Ergebnis aus zwei weißen Felder 4 ist, so müssen diese Felder eine 1 und eine 3 enthalten, da die Kombination 2 und 2 nicht erlaubt ist.

SCHIFF VERPASST

Problemlösung

★ ★ ★

Lesen Sie sich die folgende Passage aus *In 80 Tagen um die Welt* sorgfältig durch. In ihr bemerkt Passepartout, dass Fogg und Aouda die *Carnatic* verpasst haben – den Dampfer, auf dem er gerade ist! Beantworten Sie danach die Fragen, ohne nochmals in den Text zu schauen.

Nachdem die erste Bestürzung vorüber war, erlangte Passepartout seinen Gleichmut wieder und bedachte seine Lage, die wenig beneidenswert war. Er war auf dem Weg nach Japan, aber was sollte er dort tun? Seine Tasche war leer, er hatte keinen Schilling und keinen Penny. Die Überfahrt war glücklicherweise im Voraus bezahlt worden. Also hatte er noch fünf oder sechs Tage Zeit, um einen Entschluss zu fassen, wie er weiter vorgehen wollte. Dass er sich bei dieser Fahrt Essen und Trinken reichlich schmecken ließ, kann man sich denken: Er aß für sich, seinen Herrn und Aouda zusammen und bediente sich so reichlich, als wäre Japan eine Wüste, in der es absolut nichts zu essen gab.

Am frühen Morgen des 13. fuhr die *Carnatic* in den Hafen von Yokohama ein. Diese Stadt hat einen bedeutenden Hafen, in dem alle Postschiffe und alle Passagierschiffe zwischen Nordamerika, China, Japan und den malaiischen Inseln vor Anker gehen. Yokohama liegt in der Bucht von Yeddo unweit der zweiten Hauptstadt des Japanischen Kaiserreichs und ehemaligen Residenz des Shoguns, als es diesen noch gab und der Tenno, der spirituelle Herrscher, dessen Amt noch nicht selbst übernommen hatte. Die *Carnatic* legte an einem Kai in der Nähe des Zollhauses an, umgeben von zahlreichen Schiffen aus aller Herren Länder.

FRAGEN

1) Wie viele Tage hatte Passepartout Zeit, um über sein weiteres Vorgehen nachzudenken?

2) Ergänzen Sie folgenden Satz: „… *und bediente sich so reichlich, als wäre Japan eine* ____.“

3) Am Morgen welchen Tages fuhr die *Carnatic* in den Hafen von Yokohama ein?

4) In welcher Bucht liegt Yokohama?

ROSEN SIND ROT, VEILCHEN SIND BILLIGER

Mathematik

★★★

Phileas Fogg war in bester Stimmung, nachdem er bei einer wichtigen Partie Whist im Reform Club eine große Summe gewonnen hatte. Er war so glücklich, dass er Passepartout losschickte, um für seine geliebte Aouda einen riesigen Strauß Rosen zu kaufen. Dummerweise hatte Fogg unterschätzt, wie teuer Rosen waren, und Passepartout hatte nicht genug Geld dabei, um ausschließlich Rosen zu kaufen. Er bemerkte dann, dass Veilchen deutlich günstiger waren, und kaufte stattdessen hauptsächlich diese Blumen. Die Rosen waren zweieinhalbmal so teuer wie die Veilchen, also kaufte er zweieinhalbmal so viele Veilchen wie Rosen. Wenn er also insgesamt 35 Blumen kaufte – wie viele Veilchen und wie viele Rosen kaufte er dann?

KUNSTSTÜCK MIT KORKEN

Um die Ecke gedacht

★★★

Ab und zu ein Schlückchen Rum zu trinken, empfand Captain Speedy als äußerst wohltuend während seiner langen Tage an Bord der *Henrietta*. Heute hatte ihm ein anderer Seemann ein beeindruckendes Kunststück gezeigt. Er hatte eine Münze in eine leere Rumflasche gesteckt und diese dann mit einem Korken verschlossen. Wundersamerweise war es dem Seemann dann gelungen, die Münze wieder aus der Flasche zu entfernen, und zwar ohne die Flasche zu beschädigen und auch ohne den Korken aus der Flasche zu ziehen. Wissen Sie, wie er dieses Kunststück vollbringen konnte?

SCHACHFIGUREN

Problemlösung

★★★

Nachdem er im Reform Club viel zu lange Whist gespielt und eine ziemliche Menge Geld verloren hatte, beschloss Fogg, sich durch das Lösen einiger Schachrätsel von seinen Verlusten abzulenken. Auf dem unten abgebildeten Schachbrett stehen die Buchstaben A, B, C, D und E für König, Königin, Springer, Turm und Läufer – allerdings nicht in dieser Reihenfolge. Die Zahlen in einigen Feldern geben an, wie viele Figuren auf das jeweilige Feld ziehen könnten. Sind Sie aufgrund dieser Informationen in der Lage, die Figuren A–E zu identifizieren?

MIT DEM RICHTIGEN FUSS VORAN

Mathematik

★★★

Nach dem Verlassen seines Hauses setzt Fogg seinen rechten Fuß 575 Mal vor den linken und diesen 576 Mal vor den rechten, um zum Reform Club zu gelangen. Passepartout, der seinem Herrn folgt, macht mit jedem Fuß 576 Schritte.
Wenn 25 Prozent von Passepartouts Schritten 1 Fuß lang sind, 50 Prozent 1 Fuß und 2 Inches messen und die übrigen 25 Prozent 1 Fuß und 3 Inches lang sind, wie viele Meilen sind es dann zum Reform Club? 12 Inches ergeben einen Fuß und 5280 Fuß eine Meile.

HAUSBESITZER

Um die Ecke gedacht

★★★

Ein viktorianischer Gentleman hatte gerade sein erstes Haus gekauft. Er ging in ein Geschäft, um etwas zu kaufen, das er für seinen neuen Besitz benötigte. Im Laden stellte er fest, dass sowohl 3 als auch 7 für 3 d zu haben waren, während 18 stolze 6 d kosteten. Was kosteten 121 und was war es, was der Gentleman kaufen wollte?

RECHNEN MAL ANDERS

Mathematik

★★★

Ein paar Schulkinder hatten sich bei ihrem Lehrer darüber beklagt, dass ihre Rechenbücher so uninteressant seien und nur Aufgaben enthielten – eine nach der anderen. Sie wünschten sich etwas Interessanteres. Also dachte sich der Lehrer das folgende Rätsel für sie aus. Können Sie es lösen?

Tragen Sie jede der Zahlen 1–9 genau einmal in die weißen Felder ein, und zwar so, dass Sie die Rechenaufgaben korrekt lösen. Rechnen Sie von links nach rechts und von oben nach unten. Um es Ihnen etwas leichter zu machen, haben wir eine Zahl schon eingetragen.

	+		÷		13
−		+		−	
	×		+		21
×		÷		×	
	+	2	+		15
20		5		-64	

IM TEMPEL

Problemlösung

★★★

Als Fogg seine zukünftige Frau Aouda kennenlernte, war sie eine Witwe und sollte als Opfer verbrannt werden. Die Reisenden mussten sie retten, ohne dabei gesehen zu werden. Also schlich sich Jean Passepartout in den Tempel und mischte sich unter das Volk. Können Sie entdecken, wo er sich in diesem tempelförmigen Buchstabenrätsel versteckt? Das Wort „JEAN“ findet sich nur einmal im Rätsel, doch es kann horizontal, vertikal oder diagonal angeordnet sein und vorwärts oder rückwärts gelesen werden.

						A	N	J						
					J	N	J	N	A					
					N	J	N	E	A					
				E	E	E	E	A	J	N				
				E	J	A	E	A	E	J				
			E	E	N	J	E	A	J	E	A			
			A	E	A	A	E	A	J	J	E			
			E	J	E	N	N	A	N	J	N			
		N	E	E	A	E	A	E	E	N	A	E		
		J	J	E	E	N	A	J	N	N	N	N		
		E	J	E	N	J	E	J	E	E	N	E		
	A	J	N	E	A	A	J	J	N	N	E	N	N	
	J	N	J	N	A	A	E	J	N	N	J	A	E	
E	J	N	A	J	N	J	J	N	J	J	J	J	N	N
A	N	J	A	A	A	N	E	E	J	A	N	A	E	A

VERLOREN IM LABYRINTH

Um die Ecke gedacht

★★★

Auf einem Seminar für Menschen, die beruflich mit der Aufklärung von Verbrechen zu tun hatten, musste Detektiv Fix verschiedene Aufgaben lösen. Einige dieser Aufgaben erwiesen sich als ziemlich schwierig, und keiner seiner Kollegen konnte sie lösen. Die Kursleiter hatten – wie in der Zeichnung zu sehen – auf einem Feld einen Irrgarten mit Ein- und Ausgang errichtet. Die Anweisung war ganz einfach: Man sollte vom Eingang des Labyrinths zum Ausgang gelangen. Jedoch schaffte es keiner der Kollegen von Detektiv Fix, den Ausgang zu erreichen. Schaffen Sie es?

AN DER WURFLINIE

Problemlösung

★★★

Glücksspiele waren im Viktorianischen Zeitalter in Pubs verboten. Um die Wende zum 20. Jahrhundert jedoch wurde das Geschicklichkeitsspiel Darts als Zeitvertreib im Pub immer beliebter. Auf der Dartscheibe standen die Zahlen 1–20, und mit jedem geworfenen Pfeil konnte ein Spieler den einfachen, doppelten oder dreifachen Wert der jeweiligen Zahl erzielen. Traf man den äußeren Ring in der Mitte, erhielt man 25 Punkte, traf man den inneren Ring (das „Bull's Eye"), so waren es sogar 50 Punkte.

Ein Spieler wirft pro Runde drei Pfeile und muss am Ende mit einem doppelten Wert das Spiel beenden, d. h. die Null erreichen. Können Sie die niedrigste dreiziffrige Punktzahl nennen, mit der ein Spieler nicht beenden kann? Ein Spieler kann beispielsweise bei einer Punktzahl von 100 auf verschiedene Weise beenden, etwa mit einer dreifachen 20 (40 übrig) und einer doppelten 20 (0 übrig) oder auch mit zwei Bull's Eyes (50, 50). Bei letzterer Variante zählt das zweite Bull's Eye als gültiger Wurf, denn es ist eine doppelte 25. Die Kombination 50, 25, 25 jedoch reicht nicht zum Beenden, da sie mit einem einfachen Wert endet (25).

EINE VERLORENE WETTE

Kreativität

★★★

Im Buch erreicht Fogg den Zug von Liverpool nach London und kommt gerade noch rechtzeitig im Reform Club an, um seine Wette zu gewinnen. Wenn er den Zug jedoch verpasst und die Wette verloren hätte, wäre vieles anders gekommen. Können Sie sich drei verschiedene Szenarien ausdenken, die hätten eintreten können, wenn Fogg die Wette verloren hätte? Nutzen Sie Ihre Fantasie! Wäre er gezwungen gewesen, in Armut zu leben und hätte Aouda nicht unterstützen können? Oder hätte er einen Weg gefunden, sein Vermögen wiederzuerlangen?

MIT LEICHTEM GEPÄCK

Gedächtnistraining

★★★

Lesen Sie sich den folgenden Auszug aus *In 80 Tagen um die Welt* sorgfältig durch. Beantworten Sie danach die unten stehenden Fragen aus dem Gedächtnis, ohne nochmals in den Text zu schauen. In dieser Passage weist Fogg Passepartout an, für ihre Weltreise zu packen.

„Wir brauchen keine Koffer. Nur eine Reisetasche mit zwei Hemden und drei Paar Strümpfen und das Gleiche für Sie. Alles Weitere kaufen wir unterwegs. Bringen Sie mir meinen Regenmantel, meinen Reiseumhang und ein Paar feste Schuhe. Wir werden allerdings kaum zu Fuß gehen. Beeilen Sie sich!"

Passepartout hätte gern geantwortet, konnte aber nicht. Er ging in sein Zimmer, sank auf einen Stuhl nieder und murmelte: *„Das ist gut! Und dabei wollte ich doch nur ruhig leben!"*

Mechanisch machte er sich an die Vorbereitungen zur Reise. Eine Reise um die Welt in achtzig Tagen! Hatte er es mit einem Narren zu tun? Nein. War es dann ein Scherz? Eine Reise nach Dover, gut. Nach Calais, auch noch gut. Übrigens konnte es Passepartout, der seit fünf Jahren nicht mehr in Frankreich gewesen war, nur recht sein, endlich wieder heimatlichen Boden zu betreten. Vielleicht ging die Reise sogar bis Paris, und es hätte ihm auch Freude gemacht, die Stadt wiederzusehen. Aber sicherlich würde ein Gentleman, der keinen unnötigen Schritt tat, es dabei bewenden lassen. Aber es war dennoch wahr, dass dieser sonst so häusliche Mensch tatsächlich auf Reisen ging!

Um acht Uhr hatte Passepartout die bescheidene Tasche mit seiner und seines Herrn Garderobe fertig gepackt. Daraufhin verließ er, noch ganz verstört, sein Zimmer, schloss sorgfältig die Tür und begab sich wieder zu Mr Fogg.

FRAGEN

1) Wie viele Hemden und Sockenpaare befahl Fogg Passepartout insgesamt zu packen?
2) Wie lange war Passepartout nicht in Frankreich gewesen?
3) Um wie viel Uhr hatte Passepartout die Reisetasche fertig gepackt?
4) Ergänzen Sie diesen Satz: „Bringen Sie mir meinen Regenmantel, meinen ______ und ein Paar feste Schuhe."

DER MERKWÜRDIGE BALLON

Um die Ecke gedacht

★ ★ ★

Eine viktorianische Familie hatte ihren Besuch im Zirkus sehr genossen. Als sie gerade gehen wollte, kam ein Clown auf sie zu und versetzte die Kinder mit Tieren, die er aus Luftballons herstellte, in Staunen und Entzücken. Dann zeigte er ihnen etwas ganz Besonderes – einen Ballon, der angeblich nicht platzte, egal wie sehr man es auch versuchte. Er gab ihnen den Ballon zusammen mit einer Nadel, und es war genauso wie er gesagt hatte: So sehr sie es auch versuchten, sie konnten den Ballon nicht zum Platzen bringen. Wissen Sie warum nicht?

FÜNF BRÜDER

Um die Ecke gedacht

★ ★ ★

Auf der *Carnatic* stieß Fogg auf fünf Brüder, die sich auf unterschiedliche Weise die Zeit vertrieben. Robert las Bücher, Fred spielte Solitär, Bill spielte Schach und James trank Scotch. Was tat der fünfte Bruder?

ERSTE EINDRÜCKE

Wahrnehmung

★★★

Das Haus von Mr Fogg war wirklich sehr komfortabel. Als er eines Tages auf seinen neuen Diener Jean Passepartout wartete, untersuchte er sehr aufmerksam eine recht komplizierte Uhr, die Stunden, Minuten, Sekunden, Tage, Monate und Jahre anzeigen konnte. Passepartout war nach seiner Ankunft sehr daran gelegen, einen guten ersten Eindruck zu machen, und so begann er sofort damit, im Haus Ordnung zu machen. Da Mr Fogg jedoch so ein Perfektionist war, gab es kaum etwas zu tun, und so nahm Passepartout nur einige wenige Änderungen vor. Können Sie in den beiden Bildern die sechs Unterschiede in Foggs Wohnzimmer ausmachen?

VON LONDON NACH SUEZ

Problemlösung

★★★

Der erste Teil der Reise umfasste wie geplant die Strecke von London nach Suez in Ägypten. Können Sie die einzelnen Buchstaben des Wortes „SUEZ“ zusammen mit zwei freien Feldern genau einmal in jeder Zeile und Spalte des Rasters unterbringen? Die Buchstaben an den Rändern des Rasters geben an, welcher Buchstabe in der jeweiligen Zeile oder Spalte der erste und/oder der letzte ist.

	S		S	U	E		
U							
S							E
Z							
E							S
U							
			E	E	U		

BUCH DER RICHTER

Um die Ecke gedacht

★★★

Richter Obadiah musste sicherstellen, dass sein juristisches Wissen immer auf dem neuesten Stand war. Deshalb bat er seinen Mitarbeiter Mr Oysterpuff häufig, ihm verschiedene Bücher zu besorgen, die sich mit den neuesten Entwicklungen in der Rechtspflege befassten. Eines Tages ging Mr Oysterpuff mit einem Buch, um das ihn Richter Obadiah gebeten hatte, auf einen Tresen zu. *„Das macht drei Pence, mein Herr“*, sagte der Mann hinter dem Tresen. Mr Oysterpuff gab ihm das Geld und ging – aber ohne das Buch. Der Mann hinter dem Schalter hatte dies durchaus bemerkt, rief aber nicht hinter Mr Oysterpuff her, um sicherzugehen, dass dieser das Buch mitnahm. Wissen Sie, warum nicht?

GASRECHNUNG

Mathematik

★★★

Kurz nach Beginn ihrer Reise um die Welt hatte Passepartout plötzlich ein ungutes Gefühl, und ihm fiel ein, dass er das Gas angelassen hatte. Verständlicherweise war Mr Fogg nicht allzu erfreut, dies zu hören. Als sie wieder in London waren, stellte Passepartout fest, dass das Gas nicht weniger als 1920 Stunden an gewesen war. Wenn ein 90-minütiger Gasverbrauch 3 d kostete, wie hoch war dann Passepartouts Gesamtrechnung? Bitte geben Sie die Antwort in Pfund, Schilling und Pence an. 12 Pence ergeben einen Schilling, und 20 Schilling ergeben ein Pfund.

SPRINGERSTUDIUM

Problemlösung

★ ★ ★

Im Reform Club war Andrew Stuart gerade extrem frustriert, denn er hatte soeben eine Partie Schach gegen John Sullivan verloren, den er sonst immer schlug. Heute jedoch hatte er übersehen, dass Sullivans Springer ihn schachmatt setzen konnte, und deshalb hatte er verloren. Früher an diesem Tag war er in der Zeitung auf ein Schachrätsel gestoßen, bei dem es um den Springer ging, und so machte er sich jetzt daran, das Rätsel zu lösen. Er wollte sich mit der Art, wie sich diese Figur bewegt, besser vertraut machen, um in Zukunft ähnliche Situationen zu vermeiden. Können Sie das Rätsel lösen?
Der Springer startet vom farbig unterlegten Feld 1 und versucht Feld 100 zu erreichen. Auf seinem Weg sucht er jedes Feld des Rasters genau einmal auf. Etliche der Spielzüge sind durch eine laufende Nummer gekennzeichnet. Um den gesamten Weg des Springers über das Spielfeld nachzuzeichnen, müssen Sie die restlichen Nummern in die passenden Felder eintragen. Pro Zug darf sich der Springer horizontal um zwei Felder und vertikal um ein Feld fortbewegen oder vertikal um zwei Felder und horizontal um ein Feld.

28			35			68	9		
			32			3			
30		86	57		1	88			5
		39			96		66	11	70
26		48			89	84		54	65
		61	40			79			
42					63	100			
		43	92		80				
	45				93			52	75
21	18	23			16		76	73	14

SANDSCHLANGE

Problemlösung

★★★

Zwei furchtlose viktorianische Abenteurer durchquerten in einem fremden Land eine Wüste. Plötzlich hatten sie den Eindruck, dass der Sand sich bewegte. Bei näherem Hinsehen bekamen sie es mit der Angst zu tun, denn eine riesige Sandschlange wand sich direkt vor ihnen. Einzelne Teile ihres Körpers waren durch den Sand verdeckt, doch andere Teile waren sichtbar. Die beiden Männer wollten sichergehen, dass sie nicht versehentlich auf die Schlange traten und sich ihren Zorn zuzogen.
Können Sie herausfinden, wo sich die restlichen Körperteile der Schlange befinden, und den gesamten Körper einzeichnen? Das Ende des Schlangenkörpers ist bei Punkt A, der Kopf ist bei Punkt B. Der Körper bildet eine einzige durchgehende Linie, die entweder gerade durch ein Feld hindurch verläuft oder im Feld rechtwinklig abknickt. Die Zahlen an den Rändern des Rasters geben an, wie viele Felder in der jeweiligen Zeile oder Spalte, Körperteile der Schlange enthalten.

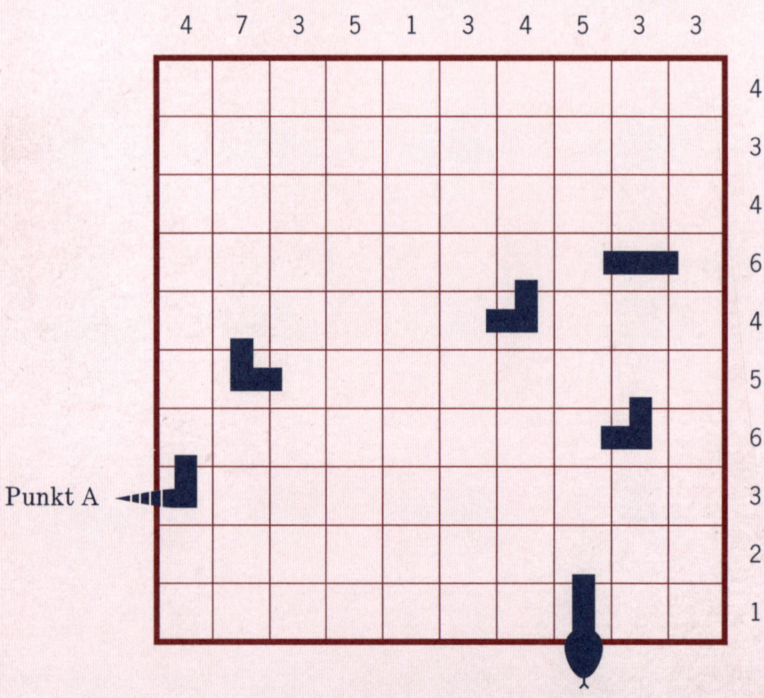

MUSTERERKENNUNG

Problemlösung

★★★

Fogg erzählte Aouda von seinem sehr angenehmen Zuhause in London und sagte, dass er es nicht erwarten könne, es ihr zu zeigen. Er beschrieb ihr auch die Inneneinrichtung. Aouda antwortete, dass sie gern einen farbenfrohen Teppich hätte, um das Haus, dessen Einrichtung ihr eher langweilig erschien, etwas hübscher zu gestalten. Sofort entwarf Fogg ein Muster für einen farbenfrohen Teppich und befahl Passepartout, diesen unmittelbar nach ihrer Rückkehr anfertigen zu lassen. Doch als ein Mann von maximaler Sparsamkeit hatte er das Teppichmuster nicht vollständig aufgezeichnet. Stattdessen überreichte er Passepartout die unten abgebildete Skizze und bat ihn, das Muster für den Teppich nach folgenden Regeln zu vervollständigen:

REGELN

Jede Gruppe aus vier von einer fetten Außenlinie begrenzten Feldern sollte ein hellblaues, ein dunkelblaues, ein hellrotes und ein dunkelrotes Feld enthalten.

Jede Zeile und jede Spalte muss zwei Felder in jeder der vier Farben enthalten.

Jedes Feld in einer bestimmten Farbe darf horizontal oder vertikal nicht an ein Feld in derselben Farbe grenzen.

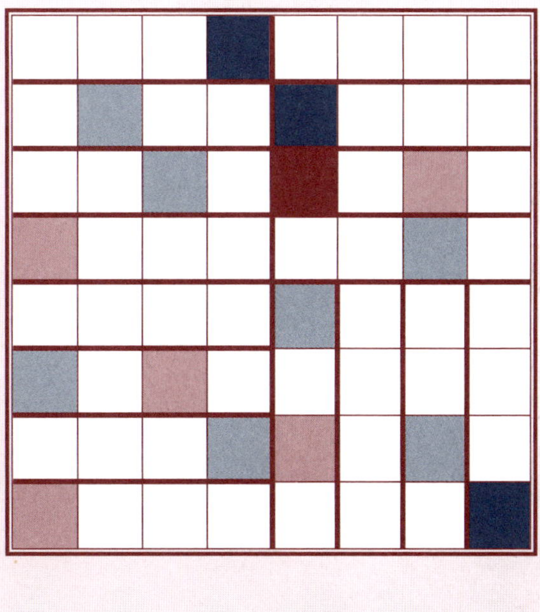

Können Sie alle verbleibenden Felder korrekt ausmalen und so das von Mr Fogg gewünschte Teppichmuster sichtbar machen?

EIN SICHERER TRICK

Um die Ecke gedacht

★★★

Zwei rivalisierende Zauberer, der Große Mystico und Abra Cadabra, konkurrierten um den Titel des besten Zauberers im Vereinigten Königreich. Der Große Mystico hatte gerade erst einen unglaublichen neuen Trick präsentiert, der überschwängliche Kritiken erhielt, und Abra Cadabra wollte unbedingt wissen, was es mit diesem Trick auf sich hatte. Also brach er in das Büro des Großen Mystico ein und versuchte, dessen Safe zu öffnen. Doch so sehr er sich auch bemühte – er fand den vierstelligen Zahlencode einfach nicht heraus. Können Sie das Rätsel lösen und den Code knacken?

Die Zahlen außerhalb des Rasters geben an, wie viele Felder in der entsprechenden Zeile oder Spalte ausgemalt werden müssen. Es gibt zwei Farben – Blau und Rot. Steht am Beginn einer Zeile oder einer Spalte der Hinweis 2 (in Blau), 2 (in Rot), so bedeutet dies, dass die entsprechende Reihe null oder mehrere leere Felder enthält, auf die zwei blaue Felder, null oder mehrere leere Felder und zwei rote Felder folgen. Die restlichen Felder bis zum Ende der Reihe bleiben leer. Beachten Sie, dass wenn in einer Zeile oder Spalte auf eine Farbe ein und dieselbe Farbe folgt, sich dazwischen mindestens ein leeres Feld befinden muss. Wenn also der Hinweis 2 (in Blau), 2 (in Blau) lautet, so muss mindestens ein leeres Feld zwischen den jeweils zwei blauen Feldern liegen.

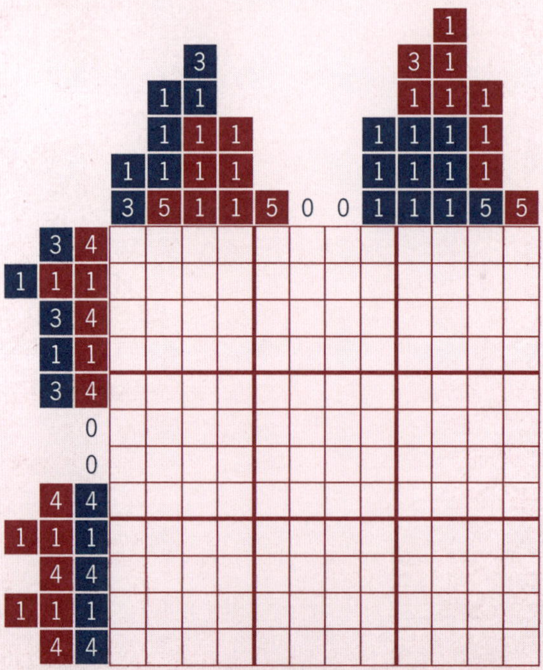

OBSTSALAT

Mathematik

★★★

Fogg hatte Passepartout losgeschickt, um frische Früchte für einen Obstsalat zu kaufen. Auf der Waage im Laden wog ein Apfel so viel wie zwei Bananen, und eine Banane wog so viel wie zwölf Trauben oder acht Kirschen.

Wenn das stimmt…

a) … wie viele Kirschen wiegen dann so viel wie zwei Äpfel?

b) … und zwei Bananen sowie sechs Trauben in der linken Waagschale liegen, wie viele Kirschen müssten dann in der rechten Waagschale liegen, damit die Waage im Gleichgewicht wäre?

WAS KOMMT ALS NÄCHSTES?

Mathematik

★★★

Nach dem Schock, dass er wegen eines Verbrechens eingesperrt worden war, das er nicht begangen hatte, und in dem Wissen, dass dies bedeuten könnte, dass er seine Wette mit den anderen Mitgliedern des Reform Clubs verlieren könnte, fragte sich Fogg, was um alles in der Welt wohl als Nächstes passieren würde. Sehen Sie sich die folgende Zahlenreihe genau an. Wissen Sie, welche Zahl als Nächste kommt?

468	464	116	112	28	24	6	

BALLONSTERNE

Wahrnehmung

★ ★ ★

Schauen Sie sich die fünf Heißluftballons genau an. Wissen Sie, welcher als Nächster kommen muss – A, B, C oder D?

A **B** **C** **D**

PHILEAS FOGG

Problemlösung

★★★

Passepartout freute sich sehr, dass er die Anstellung als Foggs neuer Diener bekommen hatte. Er hatte den Namen Phileas zuvor noch nie gehört, und um sich mit ihm und seiner Schreibweise vertraut zu machen, schrieb er ihn mehrmals nieder. Können Sie das unten stehende Raster so ausfüllen, dass jeder Buchstabe des Wortes „Phileas“ in jeder Zeile und Spalte genau einmal auftaucht?

		I				S
E	H		I			
	S	L				
H			S			A
				A	P	
			P		S	I
A				P		

ZAHLEN UND FELDER

Problemlösung

★★★

Können Sie die unten stehenden Zahlen in die leeren Felder eintragen, das Raster ausfüllen und auf diese Weise das Zahlenrätsel lösen? Es gibt nur eine Möglichkeit, die Zahlen so einzutragen, dass alle zueinander passen. Und wenn Sie fertig sind – wissen Sie dann, was die Zahl in den hellroten Feldern mit 80 Tagen zu tun hat?

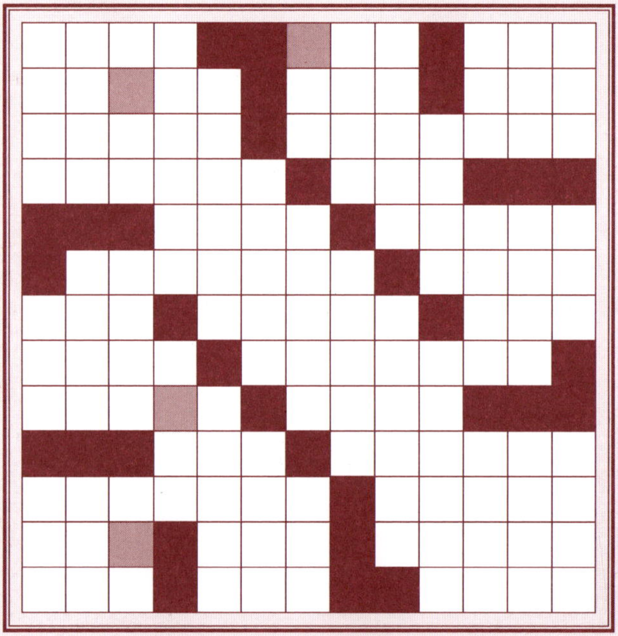

3 ZIFFERN

031
140
157
194
355
356
370
373
434
476
478
481
508
556
665
674
700
717
774
838
847
895

4 ZIFFERN

0986
2237
2414
2642
2787
3674
3763
3906
3914
4029
4093
4978
5287
5478
6360
6933
7855
8875
9027
9749

5 ZIFFERN

16046
16760
17424
23290
23342
25312
43977
44735
48811
84593
86366
87731

6 ZIFFERN

034359
213222
276252
324234
408208
700412

7 ZIFFERN

0677783
1651063
2321768
7283448

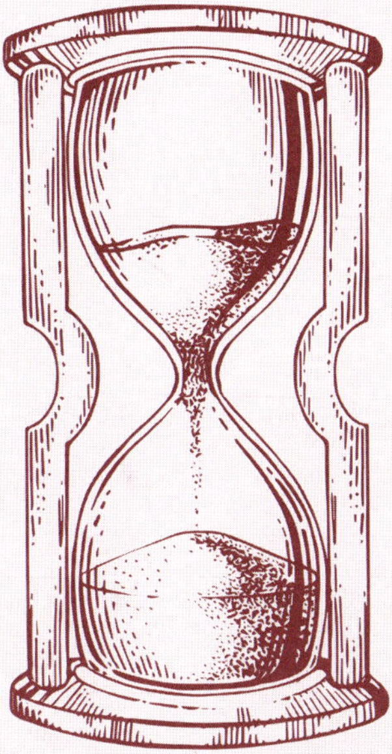

MÜDE, MATT, MARODE

Mathematik

★★★

Genau wie seinen Mitreisenden fiel es auch Passepartout immer schwerer, nachts genug Schlaf zu bekommen. Während er zu Hause jede Nacht acht Stunden schlief, waren es nach der Hälfte der Reise nur noch vier Stunden. Ein Arzt verschrieb ihm Tabletten, von denen es hieß, dass sie seine Schlafenszeit jede Nacht um genau fünf Prozent verlängern würden, und zwar eine Woche lang. Danach würde sich sein Körper an die Tabletten gewöhnt haben und sie hätten keine weitere Wirkung. Würde Passepartout diese Tabletten fünf aufeinanderfolgende Nächte lang einnehmen, könnte er dann am Ende dieser Zeit mehr oder weniger als fünf Stunden oder genau fünf Stunden pro Nacht schlafen?

KOPF ODER ZAHL

Um die Ecke gedacht

★★★

Eines Abends befand sich Captain Speedy in der Kajüte der *Henrietta* und zählte alle Münzen aus seiner Geldschatulle. Da traf eine riesige Welle das Schiff, alle Münzen fielen zu Boden, und auch die Kerze fiel um, und die Flamme ging aus. Während der Captain noch über sein verfluchtes Pech murrte, kniete er sich in völliger Dunkelheit hin, um seine Münzen wieder einzusammeln.

Insgesamt liegen 80 Münzen auf dem Boden. 60 davon liegen mit dem Kopf nach oben, die restlichen 20 mit der Zahl. Wie kann Captain Speedy die Münzen in zwei Häufchen aufteilen, die die gleiche Anzahl an Münzen mit der Zahl nach oben enthalten? Es ist vollständig dunkel, er kann die Münzen also nicht sehen, darf sie auch nicht abtasten oder irgendeine andere Methode nutzen, um herauszufinden, welche Münzen mit dem Kopf und welche mit der Zahl nach oben liegen.

WELTREISE

Um die Ecke gedacht

★★★

Ein britischer Diplomat namens Henry St. John schrieb seine Memoiren und informierte sich dabei auch über die Karrieren und Einsatzorte seiner Vorgänger, darunter einige der wichtigsten Diplomaten der Viktorianischen Ära. Er wunderte sich, wie sehr sich deren Erfahrungen von den seinen unterschieden. Im Laufe seiner eigenen Karriere war er in vielen verschiedenen Ländern tätig gewesen. Das erste Land, in das er entsandt worden war, war Brasilien gewesen, gefolgt von den USA, China und Kanada. Was war seine letzte Station vor dem Ruhestand?

DIE WELT IST KLEIN

Mathematik

★★★

Eines Tages begannen Passepartout die Füße zu schmerzen – ohne Zweifel eine Folge des vielen Reisens in so kurzer Zeit. Wehmütig dachte er darüber nach, wie viel kürzer die Reise sein könnte, wäre die Welt nur kleiner als sie in Wirklichkeit war. Welchen Umfang (in ganzen Meilen) hätte die Erde, wenn sie 30 Prozent kleiner wäre? Rechnen Sie mit einem Erddurchmesser von 7920 Meilen und Pi = 3,1416.

DIE GROSSE UNGLEICHHEIT

Problemlösung

★★★

Einige Dienstmädchen unterhielten sich darüber, wie ungleich das Leben im viktorianischen England ihnen vorkam, und auch darüber, dass sie nie so ein Leben haben würden wie die Familien, für die sie arbeiteten. Können Sie mit all den Ungleichheiten im unten stehenden Rätsel umgehen und es auf diese Weise lösen?

Ziel ist es, die Zahlen 1–6 so in das Raster einzutragen, dass jede dieser sechs Zahlen genau einmal in jeder Zeile und Spalte sowie in den fett umrandeten Feldern à 3 × 2 Kästchen auftaucht. Die Ungleichheitszeichen geben an, ob die Zahl, die in ein bestimmtes Kästchen einzutragen ist, größer oder kleiner als die Zahlen in den angrenzenden Kästchen sein muss. 2 < 3 bedeutet, dass 2 kleiner ist als 3, während 3 > 2 bedeutet, dass 3 größer ist als 2.

EIN GROSSES JAHR

Problemlösung

★★★

Viele Jahre nach den Ereignissen, die in dem Roman *In 80 Tagen um die Welt* geschildert werden, brach ein Dieb in Mr Foggs Haus ein, während dieser sich gerade im Reform Club aufhielt. Als er Foggs Büro betrat, stieß der Dieb auf einen Tresor, der sich nur durch Eingabe des richtigen vierstelligen Codes öffnen ließ. Können Sie anhand der Hinweise herausfinden, wie der Code lautet und welche Bedeutung er hat?

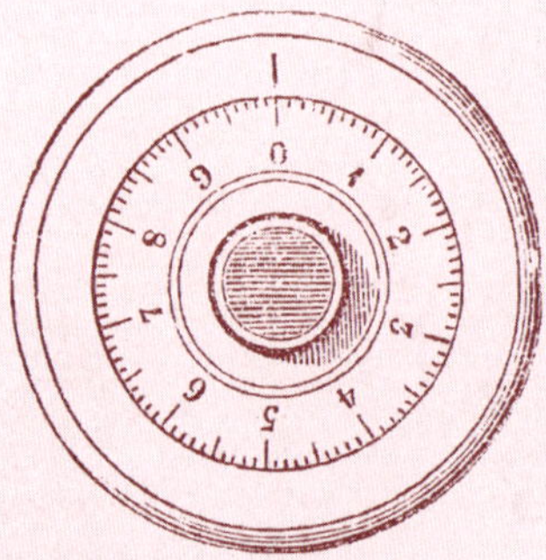

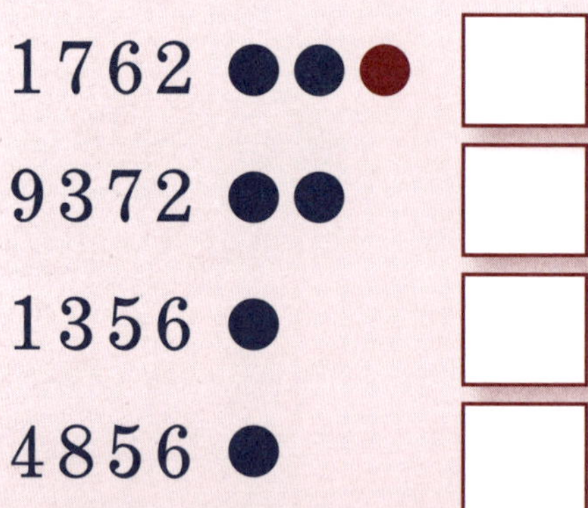

Für den Tresor braucht man einen vierstelligen Code, und jede der vier Stellen besteht aus einer Ziffer zwischen 0 und 9. Es darf sich jedoch keine Ziffer wiederholen, d. h. der Code 4166 wäre nicht gültig. Wenn ein blauer Punkt bedeutet, dass eine Ziffer in der entsprechenden Zeile sowohl den richtigen Wert hat als auch an der richtigen Stelle steht, und ein roter Punkt bedeutet, dass eine Ziffer stimmt, aber an der falschen Stelle steht, wie lautet dann der vierstellige Code für den Safe?

MY HOME IS MY CASTLE

Problemlösung

★★★

Ein reicher viktorianischer Gentleman gab gegenüber seinen Freunden damit an, dass er kürzlich ein Haus gekauft habe, dass im wahrsten Sinne des Wortes so groß wie ein Schloss sei. Das Erdgeschoss des Gebäudes war in eine große Zahl rechteckiger Räume unterteilt.

Können Sie die Abmessungen aller Räume herausfinden und im unten stehenden Raster eine dicke Außenlinie um alle Felder ziehen, die zu einem bestimmten Raum gehören? Jeder Raum enthält genau eine Zahl, die angibt, aus wie vielen Feldern er besteht. Steht beispielsweise eine 12 im Raster, so weist sie auf einen rechteckigen oder quadratischen Raum hin, der aus genau zwölf Einzelfeldern besteht. Alle Zahlen, die Sie benötigen, stehen schon im Raster – Sie müssen aus ihnen nur noch die Form eines jeden Raumes ableiten.

					12		3		
									15
				3					
				7					
						2		2	2
			9		2	2			
9	18								
2			2		10				

VIKTORIANISCHE ERFINDUNG

Wahrnehmung

★★★

Können Sie die Einzelteile einer bekannten viktorianischen Erfindung im Kopf so anordnen, dass Sie erkennen, um welchen Gegenstand es sich handelt? Einige Teile werden Sie drehen müssen.

VORBEIGEFLATTERT

Wahrnehmung

★★★

Fogg und Aouda machten eines Tages einen romantischen Spaziergang und kamen gerade an einem Feld voller schöner Blumen vorbei, als Aouda zahlreiche Schmetterlinge entdeckte. Können Sie erkennen, welcher der mit A–F bezeichneten Schmetterlinge mit dem großen identisch ist?

A

B

C

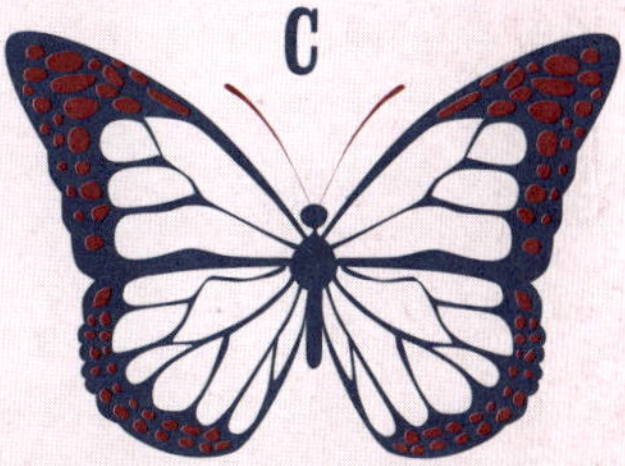

D

E

F

ZEHN ZU EINS

Problemlösung

★ ★ ★

Die Mitglieder des Reform Clubs, mit denen Fogg seine extravagante Wette abgeschlossen hatte, waren sich ihrer Sache sehr sicher. Sie glaubten, dass Fogg nur eine winzige Chance hatte, seine Reise in 80 Tagen zu schaffen. Ein Mitglied schätzte diese Chance sogar nur auf zehn zu eins.

Können Sie das folgende Rätsel lösen, bei dem alle aneinander angrenzenden Kästchen, deren einzutragende Zahlen zusammen zehn ergeben, mit einer kleinen 10 gekennzeichnet sind? Davon abgesehen müssen die Zahlen 1–9 jeweils genau einmal in jeder Zeile und Spalte sowie in jedem der fett umrandeten Felder à 3 × 3 Kästchen enthalten sein.

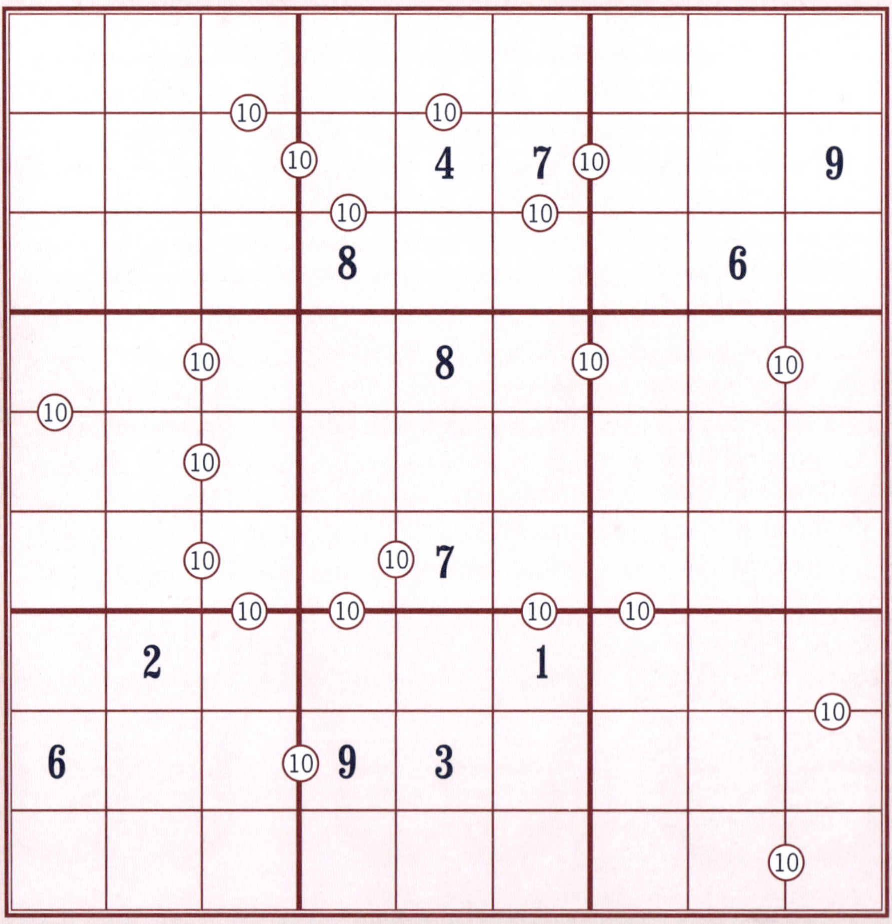

KARTENRÄTSEL

Problemlösung

★ ★ ★

Eines von Foggs wenigen Hobbys war das Kartenspiel Whist, bei dem er im Reform Club häufig gewann. Er mochte Kartenspiele überhaupt, und eines Tages erspähte er das unten abgebildete Rätsel in einer der Zeitungen, die im Club herumlagen, und beschloss, sich daran zu versuchen. Können Sie es lösen?
Tragen Sie die Sechs, Sieben, Acht und Neun in den Farben Kreuz, Karo, Herz und Pik in das Raster ein, sodass jede der 16 Karten genau einmal vorkommt. Jede Zeile und jede Spalte muss pro Wert und pro Farbe jeweils eine Karte enthalten, d. h. in jeder Zeile und Spalte müssen eine Sechs, eine Sieben, eine Acht und eine Neun sowie ein Kreuz, ein Karo, ein Herz und ein Pik vorkommen. Die Reihenfolge ist dabei egal. Ein paar Informationen enthält das Raster schon, um Ihnen den Anfang ein wenig zu erleichtern.

		♣	♠
	6	8	
	♥		7

	6	7	8	9
♣				
♦				
♥				
♠				

In diesem Raster können Sie die Karten von Kreuz Sechs bis Pik Neun in der Reihenfolge abhaken, in der Sie sie oben verwendet haben.

BESTE ALLER WETTEN

Mathematik

★ ★ ★

Noch ziemlich am Anfang ihrer Ehe beschloss Fogg eines Tages, Aouda zum Pferderennen mitzunehmen. Die Buchmacher boten verschiedene Quoten an, was die Gewinnchancen des Favoriten im ersten Rennen betraf. Können Sie sagen, welche der Quoten den höchsten Gewinn verspricht und daher die beste ist?

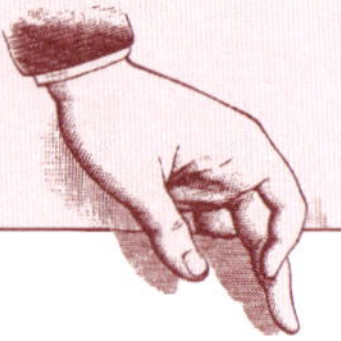

a) 100/30
b) 3/1
c) 7/2
d) 15/8
e) 17/5

DURCHS LABYRINTH IN 80 SCHRITTEN

Problemlösung

★ ★ ★

Phileas Fogg und seine Reisegefährten schafften es, die Welt in 80 Tagen zu umrunden. Schaffen Sie es, dieses Labyrinth in genau 80 Schritten zu durchqueren? Jeder Spielzug nach oben, unten, rechts oder links zählt als Schritt. Das Labyrinth enthält einige Steinhaufen als Hindernisse auf Ihrem Weg. Man braucht fünf Schritte, um über einen der Steinhaufen zu klettern. Wenn Sie also beschließen, einen der Steinhaufen zu überwinden, müssen Sie hierfür fünf Schritte einkalkulieren. Es gibt viele Wege durch das Labyrinth, aber nur einen, bei dem es möglich ist, den Ausgang in genau 80 Schritten zu erreichen. Schritt 1, der Sie ins Labyrinth hineinführt, und Schritt 80, der Sie wieder aus ihm hinausführt, haben wir schon eingezeichnet. Den Rest des Weges müssen Sie selbst finden.

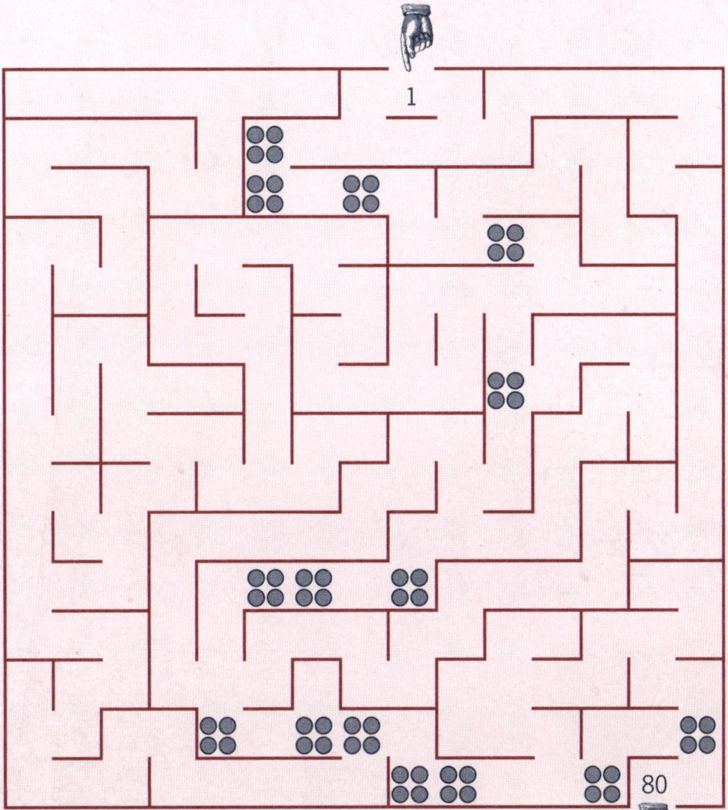

FARM DER TIERE

Wahrnehmung

★ ★ ★

Ein viktorianischer Bauer hielt ein paar sehr ungewöhnliche Tiere auf seinem Hof, darunter einige Bisons, die sich bei Besuchern, die solche Tiere noch nie gesehen hatten, großer Beliebtheit erfreuten. Sechs Tiere sind auf dem Feld – wissen Sie, welches davon mit dem preisgekrönten Bison ganz oben identisch ist?

A

B

C

D

E

F

JULES VERNE

Problemlösung

★★★

Jules Verne, der Verfasser des Romans *In 80 Tagen um die Welt,* wurde in Nantes geboren. Können Sie jeden Buchstaben des Namens „JULES" im unten abgebildeten Raster genau einmal in jeder Zeile und Spalte sowie in jedem fett umrandeten Feld à fünf Kästchen unterbringen?

	E			J
J				U
L			J	

EINE EINPRÄGSAME SUMME

Gedächtnistraining

★★★

Wenn er für Mr Fogg einkaufen ging, war Passepartout gezwungen, vieles im Kopf auszurechnen, während er sich gleichzeitig daran erinnern musste, was noch zu besorgen war. Da er das alles ziemlich schwierig fand, stellte er sich selbst ein paar Übungsaufgaben, um seine Fähigkeiten zu verbessern. Können Sie eine dieser Aufgaben lösen?

Prägen Sie sich diese fünf Zahlen zehn Sekunden lang ein und decken Sie sie dann ab:

19, 17, 11, 10, 15

FRAGE

Welche dieser Summen ergibt sich, wenn man zwei der Zahlen, die Sie sich eingeprägt haben, addiert?

a) 34

b) 22

c) 35

SEIEN SIE PÜNKTLICH!

Problemlösung

★★★

Passepartout schwitzte vor Angst, denn er konnte sich nicht mehr daran erinnern, wann er Mr Fogg im Hafen treffen sollte. Er wusste absolut nicht mehr, ob Fogg gesagt hatte: *„Seien Sie um zehn vor sechs da.“* oder *„Seien Sie um zehn nach sechs da.“* Passepartout wusste, dass sein anspruchsvoller Arbeitgeber sehr ärgerlich sein würde, wenn er zu spät käme. Andererseits war es draußen eiskalt, und er wollte nicht länger als unbedingt nötig in der Kälte herumstehen.

Lösen Sie das unten stehende Rätsel, indem Sie alle Vielfachen von Neun farbig unterlegen. Auf diese Weise erfahren Sie, welche der beiden Uhren neben dem Zahlenraster die Zeit anzeigt, zu der Passepartout Mr Fogg treffen soll.

37	130	54	171	45	198	180	45	36	27	23	194	49	157	112
21	129	90	81	99	54	45	72	99	153	171	118	88	138	107
21	182	100	96	84	66	112	106	145	27	45	63	174	24	165
50	196	194	52	12	7	79	127	166	171	72	144	141	173	44
129	102	190	157	89	15	145	149	81	54	45	140	196	145	107
119	178	148	15	46	143	147	36	117	90	45	141	94	79	74
70	94	192	112	172	16	171	9	189	153	150	29	157	105	128
11	104	8	71	131	45	18	144	125	35	1	103	199	23	195
122	100	47	68	36	18	126	95	192	160	103	115	113	157	40
183	95	167	81	72	81	175	83	20	47	30	169	179	177	30
20	8	45	99	45	88	167	190	33	172	142	17	192	25	16
29	108	198	180	28	182	166	33	55	15	94	184	56	159	98
21	81	45	99	78	168	166	89	3	78	33	83	8	101	151
33	36	72	45	135	198	144	171	90	99	162	171	146	106	67
97	180	180	63	180	108	117	9	126	36	189	18	115	190	29

1

2

VERÄNDERTE MUSTER

Gedächtnistraining

★★★

Voraussetzung für seine Arbeit als Detektiv war es, dass Fix ein gutes Gedächtnis hatte und ihm kein Detail entging. Daher trainierte er diese Fähigkeiten regelmäßig. Ihr eigenes Gedächtnis und Ihren Sinn fürs Detail trainieren Sie, indem Sie das folgende Rätsel lösen. Schauen Sie sich die oberste Abbildung zehn Sekunden lang an und prägen Sie sich das Muster aus farbigen Quadraten genau ein. Decken Sie das Bild dann ab und finden Sie heraus, welches der vier darunter abgebildeten Muster mit dem oberen identisch ist.

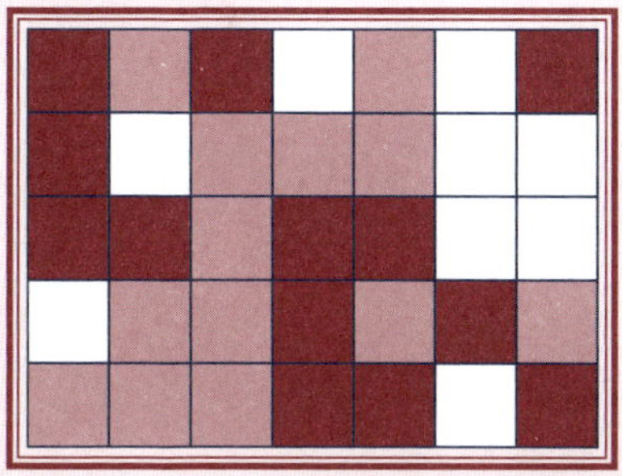

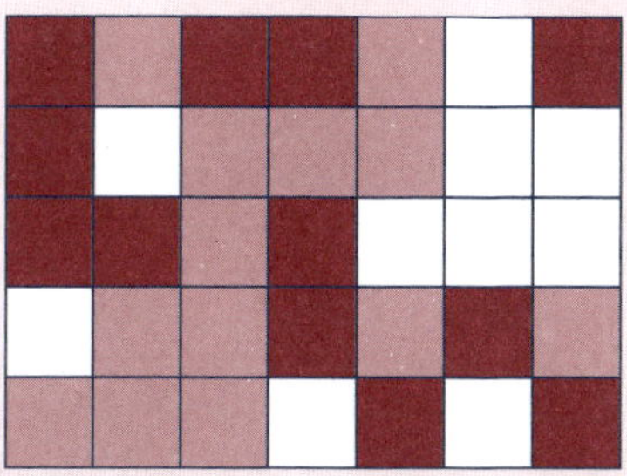

Option 1

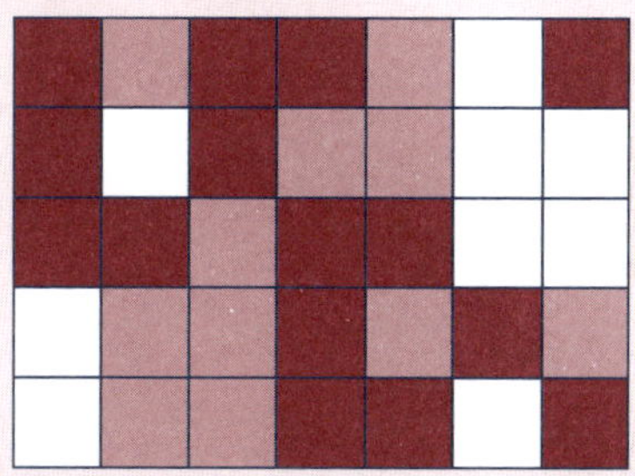

Option 2

Option 3

Option 4

DIE LÖSUNGEN

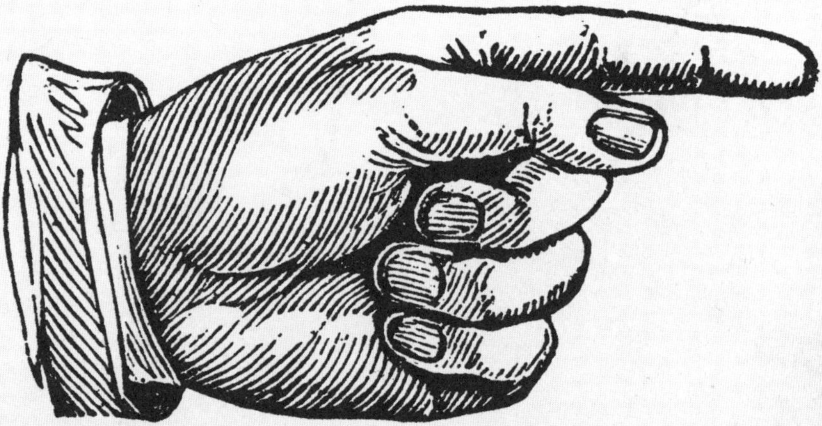

DIE LÖSUNGEN

Seite 8

Der Elefant im Zimmer

Seite 11

Auf eure Räder!

Kunststück 1: 5 Punkte
Kunststück 2: 8 Punkte
Kunststück 3: 2 Punkte
Kunststück 4: 6 Punkte

Seite 12

Zebrastreifen – 7

Seite 9

Einkaufsliste – Gesamtausgaben: 14 Schilling, 3¾ Pence. Restliches Geld von £1: 5 Schilling, 8 Pence und ein Viertelpenny.

Seite 10

Vier Räder gut, zwei Räder schlecht

Name	Anzahl der Räder	Rang
Bertram	Vier	Zweiter
Cecil	Drei	Dritter
Edmund	Zwei	Erster

Seite 13

Mit Volldampf voraus!

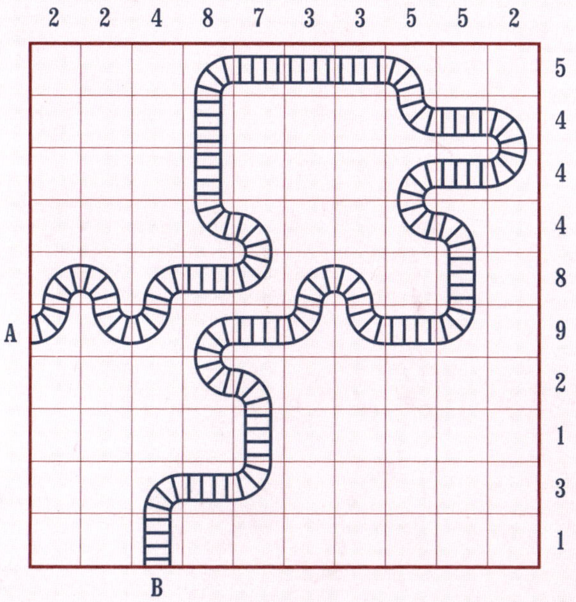

Seite 14

Hoch hinaus – Er erreichte eine Höhe von 12 Metern.

Up to date – Es ist Freitag: Der Tag nach vorgestern ist einfach gestern, und der Tag vor übermorgen ist einfach morgen.

Seite 15

Ein etwas anderes Ballspiel

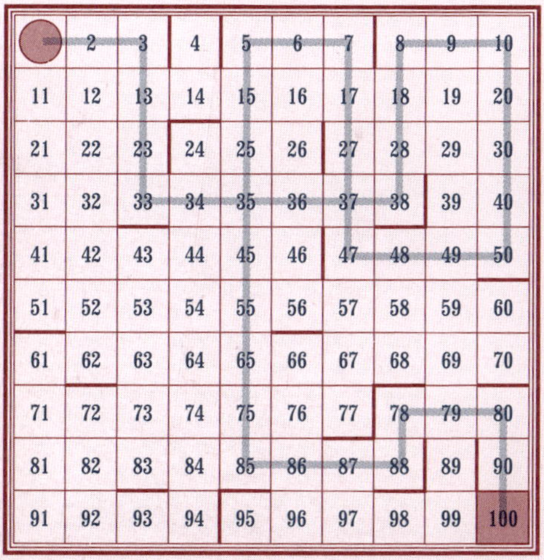

Seite 16

Der schweigsame Kutscher – Der Kutscher war zwar taub, aber er hatte einen Freund dabei, der es nicht war. Also sagte Fogg diesem einfach, wo er hinwollte, und der gab es dann in Zeichensprache an den Kutscher weiter.

Das Würfelspiel – Passepartout irrt sich. Die Chance, dass mindestens einer der beiden Würfel auf einer Fünf oder einer Sechs landet, ist etwas größer, nämlich 5:9. Also wird wohl Passepartout den Kaffee holen müssen.
Die Wahrscheinlichkeit beträgt
$1/3 + (2/3 \times 1/3) = 5/9$ oder 0,555…
Alternativ können Sie auch alle 36 Möglichkeiten notieren und die zählen, in denen eine Fünf oder eine Sechs vorkommen.

Seite 17

Codenamen – GQJK. Der Code funktioniert so, dass der erste Buchstabe eines Wortes durch den nächstfolgenden ersetzt wird, der zweite durch den übernächsten und so weiter. Aus A wird also B, aus B wird D und so fort. Nach dem Z geht es, sollte dies nötig sein, wieder mit A weiter.

Verfolgungsjagd – Wenn er beim Laufen sechs Meilen pro Stunde zurücklegt, dann schafft er eine Meile in 1/6 einer Stunde, also in zehn Minuten. Eine Meile in einem Tempo von 2,5 Meilen pro Stunde zurückzulegen, dauert 24 Minuten. Die benötigte Gesamtzeit beträgt also 34 Minuten.

Seite 18

Verloren auf See

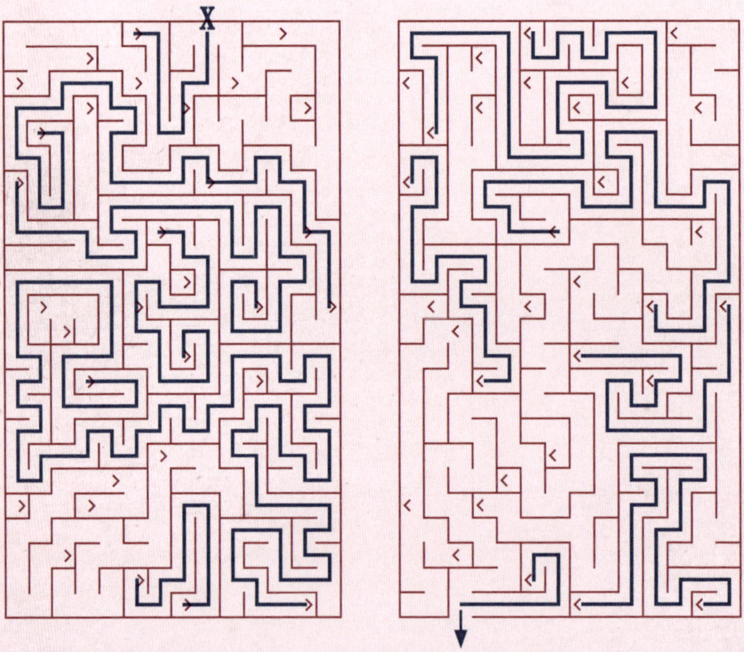

Seite 20

Dog and Bone – B

Seite 21

Von Hongkong nach Schanghai

B	U	B	B	Y	S	B	Y	S	Y	B	S	S	U	B
S	S	B	Y	N	Y	U	N	U	U	Y	B	B	Y	B
B	N	B	S	Y	U	S	N	U	U	B	B	U	B	Y
B	N	N	B	N	U	S	B	B	S	S	N	Y	N	N
B	B	S	B	S	Y	U	Y	B	B	U	B	B	B	B
S	N	N	B	Y	U	B	B	B	B	N	B	Y	B	Y
B	B	U	B	B	Y	B	B	U	B	B	Y	S	B	N
S	B	B	B	B	B	S	Y	U	S	B	S	Y	B	U
N	B	B	B	U	N	Y	U	S	N	S	Y	S	Y	Y
B	B	S	S	B	Y	Y	Y	S	B	S	U	N	Y	B
Y	S	N	B	B	U	U	S	S	U	N	N	S	U	Y
S	N	B	B	U	Y	S	U	U	U	S	Y	N	B	N
B	Y	U	N	B	Y	B	Y	B	Y	U	B	U	B	B
N	B	Y	Y	B	N	N	U	U	B	N	B	N	U	N
Y	U	U	B	S	U	S	N	B	S	Y	S	B	Y	Y

Seite 22

Im Zirkus

Seite 24

Schäfchen zählen – 191. Verdoppeln Sie die vorige Zahl und fügen Sie eins hinzu.

Seite 24

Viktorianischer Sport

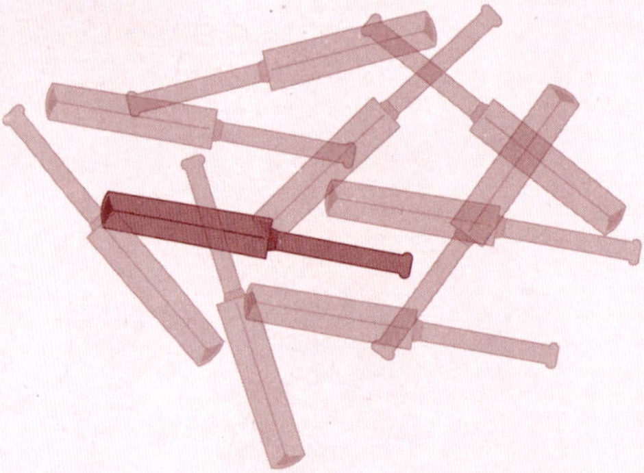

Seite 25

Mysteriöses Objekt

Seite 26

Big Apple

Hand 1: Passepartout (Banane)
Hand 2: Aouda (Orange)
Hand 3: Fogg (Apfel)

Seite 27

Weltreise – Albert kehrte am 20. August zurück.

Seite 28

„P“ wie „Phileas“

8	5	7	9	3	9	9	9	0	9	7	9	0	5	5
1	3	0	9	6	4	7	6	6	1	8	3	3	8	3
5	8	7	9	3	5	4	5	5	9	5	5	7	7	0
8	5	1	9	8	2	5	1	2	7	1	3	0	9	7
0	5	3	1	0	5	3	3	2	3	0	4	9	0	5
5	5	2	5	3	9	4	1	1	6	4	3	0	7	8
8	1	8	0	7	8	0	4	7	9	9	4	3	4	5
0	2	4	8	0	3	8	5	7	4	9	6	2	1	6
9	5	4	1	1	7	9	5	9	9	9	1	1	8	3
0	9	7	1	4	5	1	5	8	8	0	4	5	6	1
3	4	1	2	6	9	8	4	2	2	1	2	0	5	5
6	2	2	4	3	6	4	4	9	4	4	0	1	4	1
4	9	2	0	2	6	2	1	8	3	1	1	4	7	9
3	3	5	9	2	6	2	1	2	5	9	2	9	6	7
4	6	1	2	1	3	1	8	1	3	7	5	8	6	8

Seite 29

Es werde Licht! – 45 Laternen. Multiplizieren Sie den Tag mit der Nummer des Monats (Januar = 1 … Dezember = 12).

Entscheidung im Nebel – Glücklicherweise konnte er die Möwen erkennen, die alle Schiffe bis auf eines umkreisten, woraus er schloss, dass mit diesen Schiffen Fische gefangen wurden. Er wusste also, dass das eine Schiff, an dem die Möwen kein Interesse zeigten, das Passagierschiff sein musste.

Seite 30

Spiegelbild – Option B

Seite 32

Eine kluge Wette? – Bei den 36 möglichen Ergebnissen, die man mit zwei Würfeln erzielen kann, ist die Summe der Augen in 15 Fällen größer als sieben und in 21 Fällen kleiner oder gleich sieben. Da 15/36 weniger sind als 18/36, ist Foggs Gewinnchance kleiner als 50 Prozent.

Wie stehen die Chancen? – Auch wenn die Wahrscheinlichkeit minimal war, so war es doch möglich, dass er alle schwarzen und blauen Socken vor den grauen Socken herauszog. Um also sicherzugehen, dass mindestens ein Paar in jeder Farbe dabei war, musste Passepartout 20 Paar Socken aus dem Beutel herausziehen.

Seite 33

Schiffsbild

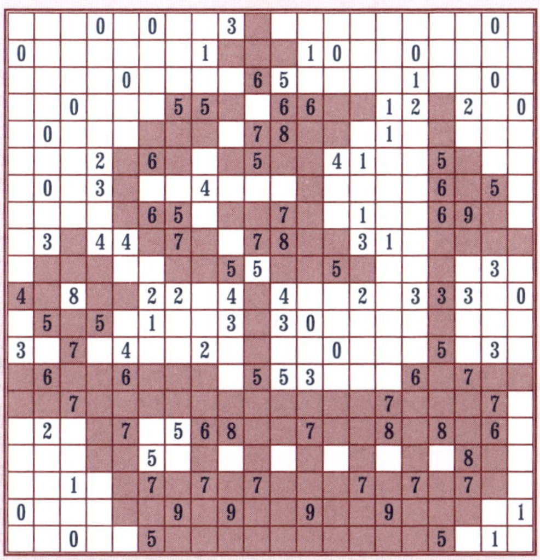

Seite 34

Neun Kreise – Gladstone. Er war zwischen 1868 und 1894 zwölf Jahre lang Premierminister von Großbritannien.

Seite 35

Fleischportionen – 56 Schweinepasteten und 84 Würste

Seite 36

Die Weltausstellung – Insgesamt waren es 44 Personen, also waren 19 von ihnen weiblich.

Ziemlich viel Flasche – 339 in^3 (Volumen = Pi × r^2 × h)

Seite 37

Ein unschuldiger Mann

Seite 38

Ballonrennen

Name	Farbe
Harry	Blau
David	Grün
Ernest	Rosa
Roy	Grau

Seite 39

Ein Dutzend Königinnen

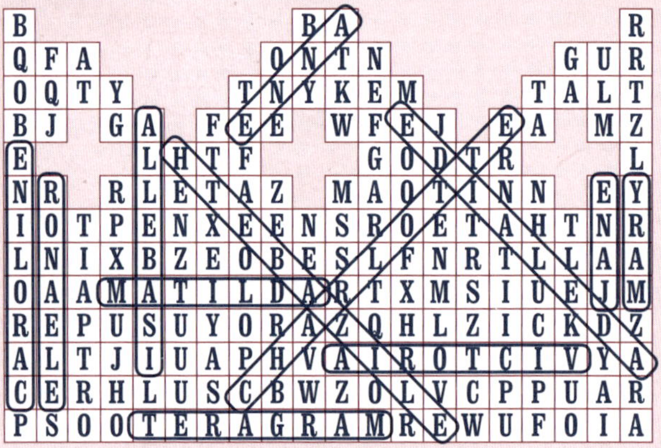

Seite 40

In den Sommerferien

2½ + 2½ + 1½ + 2 = 8½ d für Sandwiches + 4 d für Getränke + 2 d für Kuchen = 14 ½ d insgesamt, was 1 Schilling und 2 ½ Pence entspricht. Von £ 1 hatten sie also noch 18 Schilling und 9½ Pence übrig.

Seite 41

Im Bild

Name	Mantelfarbe	Anzahl Knöpfe
Joe	Grün	3
Gertie	Braun	2
Hazel	Schwarz	4

Seite 42

Welträtsel

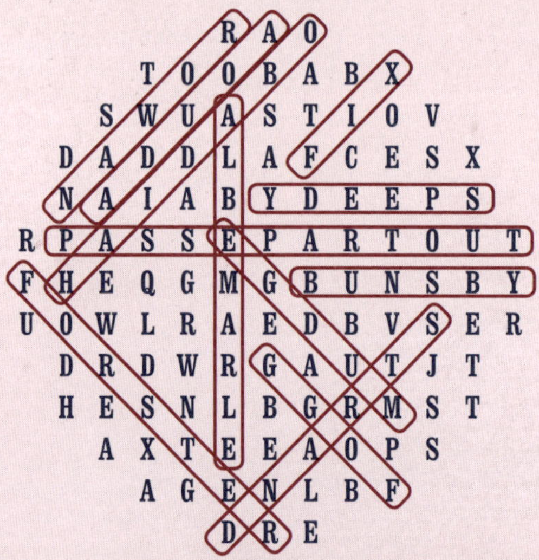

Seite 43

Vorsicht, Eisberge!

2			1	1	3	▲	▲		0
▲	▲			▲		▲		2	
4	▲	▲	3			1		3	▲
▲	3			▲				▲	▲
	1				1			▲	4
		0			0			2	▲
	2				0			2	
	▲	▲					▲		
		2		2	3	4	4	▲	
0			1	▲	▲	▲	▲	2	

Seite 44

Um die Welt … in 54 Tagen – Die Reisedauer hat sich um 32,5 Prozent verringert: (80–54)/80) × 100.

Seite 45

Eine Frage der Zeit – 1836. Wir wissen, dass die erste und die letzte Ziffer zusammen sieben ergeben, also muss eine gerade sein und eine ungerade. Aus Hinweis Zwei ergibt sich daher, dass die zweite und die dritte Ziffer auch einmal gerade und einmal ungerade sein müssen. Hieraus ergibt sich 8 × 3 als einzig mögliche Kombination für Hinweis Drei, da 6 × 4, 7 × 3 und 5 × 5 allesamt Hinweis Zwei widersprechen würden.

Seite 46

Eine Frage von Gewicht

George wog 11 st 9 lb.

Seite 47

Trinkwasser – Es gibt mehrere Wege, dies zu erreichen. Eine Methode besteht darin, den 5-Pint-Behälter zu füllen und das Wasser dann in den 3-Pint-Behälter umzugießen, bis dieser ganz voll ist. So bleiben 2 Pints im größeren Behälter. Leeren Sie nun den 3-Pint-Behälter und füllen Sie ihn mit den verbliebenen 2 Pints. Füllen Sie den 5-Pint-Behälter nun wieder auf und gießen Sie so viel Wasser in den kleineren Behälter, bis dieser voll ist. Auf diese Weise bleiben genau 4 Pints im größeren Behälter übrig.

Seite 48

Fantasiegefährt – Dies ist ein Kreativrätsel. Es gibt also keine richtige oder falsche Antwort.

Seite 49

Dinnerparty-Drama – Die Dinnerparty fand am 8. April statt.

Seite 50

Dampfer – Fogg vergibt 10 Punkte pro Konsonant und 5 Punkte pro Vokal. Die CARNATIC ist also 65 Punkte wert.

Ein echtes Bonbon – Es waren ursprünglich 24 Bonbons.

Seite 51

Auf dünnem Eis – 4,7 und 5,7. Die Werte ergeben 10,4, wenn man die vier bekannten Wertungen von 30,8 abzieht. Wir wissen, dass die ausstehenden Wertungen nicht jeweils 5,2 sein können, da die beiden Preisrichter unterschiedliche Wertungen abgaben. Da die Wertungen mit derselben Ziffer enden, müssen sie einen Abstand von genau 1,0 voneinander haben. Da es unmöglich ist, bei einer Höchstwertung von 6,0 die Zahl 10,4 mit Wertungen zu erreichen, die einen Abstand von 2,0 oder mehr voneinander haben, bleiben nur 4,7 und 5,7.

Seite 52

Elefantenrennen – Der Gewinner des Rennens und somit der Elefant, den Fogg nehmen sollte, ist die Nummer 4. Die Elefanten mit den Nummern 1, 2, 3, 4 und 5 erreichten jeweils die Plätze 3, 4, 2, 1 und 5.

Seite 53

Ein anderer Elefant – Er wählte Elefant B. Durch den ersten Hinweis werden die Elefanten A und G ausgeschlossen, danach D. Als nächste fallen C und E weg, wodurch B und F übrig bleiben. Durch den letzten Hinweis wird schließlich F ausgeschlossen, denn wir wissen nun, dass das ausgewählte Tier mehr Elefanten zu seiner Linken als zu seiner Rechten hat.

Ein besonderes Jahr – 1837, das Jahr der Thronbesteigung Königin Viktorias.

Seite 54

Nicht das Schiff verpassen! – Die Zahl Fünf ist der Schlüssel: Wenn man alle Buchstaben einkreist, die im Buchstabenfeld an derselben Stelle stehen wie die Zahl Fünf im Sudoku, ergibt sich der Name des Schiffes: TANKADERE.

5	1	4	6	9	3	7	2	8
9	2	3	8	6	4	5	1	7
8	9	2	5	1	6	4	7	3
7	3	8	4	2	1	9	5	6
4	6	1	7	5	8	2	3	9
3	7	5	2	8	9	1	6	4
6	5	9	3	7	2	8	4	1
1	4	7	9	3	5	6	8	2
2	8	6	1	4	7	3	9	5

T	J	E	S	P	H	O	H	A
Q	J	J	S	K	Y	**A**	H	E
D	Z	G	**N**	T	D	R	Y	H
E	L	M	O	O	S	E	**K**	F
T	H	L	I	**A**	W	T	S	R
K	Y	**D**	H	E	H	F	S	M
J	**E**	J	X	K	R	R	D	J
S	S	J	E	N	**R**	K	W	P
D	S	Y	O	A	H	C	S	**E**

Seite 56

Lust auf Tennis?

Name	Stärke	Startalter
Henrietta	Vorhand	12
Maud	Rückhand	8
Tess	Aufschlag	14

Seite 57

Familienstammbaum – Enkel: 1 + 2 + 3 + 4 + 5 + 6 + 7 + 8 = 36. Neffen und Nichten: $\frac{1}{2} + \frac{1}{4} + \frac{1}{3} + \frac{2}{3} = 1\frac{3}{4}$.
$1\frac{3}{4} \times 36 = 36 + 27 = 63$.
Gesamtsumme = 63 + 36 = 99.

Verschwunden – Dies ist ein Kreativrätsel. Es gibt also keine richtige oder falsche Antwort.

Seite 58

Kartentrick – Tauschen Sie die Sechs gegen die Acht aus und Sie erhalten das korrekte Ergebnis: 158 × 4 = 632.

Seite 59

Nadel im Heuhaufen – Die Nadel ist in Heuhaufen Nummer 67.

Seite 60

Leckeres Rezept

1) 8 Unzen
2) Drei
3) Streuzucker
4) Gemahlener Zimt

Seite 61

Bildung, Bildung, Bildung

Name	Lieblingslehrerin	Alter
Mary	Mrs Smith	8
Jane	Mrs Hardy	7
Alice	Mrs Johnson	9

Seite 62

Ausgebremst

N	O	N	O	G	G	O	R	O	R	A	N
R	R	O	O	O	A	N	O	A	G	A	A
R	O	N	N	R	N	N	A	O	O	R	R
G	N	N	O	G	G	O	A	R	A	N	N
N	N	O	O	O	N	N	N	R	G	N	R
O	O	R	O	O	R	G	O	N	O	A	N
O	A	O	N	G	O	A	N	N	A	R	O
N	G	N	N	G	N	N	O	O	O	G	O
G	N	R	G	O	O	A	O	N	A	O	A
N	N	N	A	R	G	O	R	O	A	R	R
N	G	O	N	O	R	O	R	N	N	G	O
O	N	N	N	O	O	O	N	O	R	A	G

Seite 64

Juwel in der Krone

Seite 63

Sportsfreunde

Name	Lieblingssport	Größe	Alter
Beatrice	Gewichtheben	5 Fuß 3 In.	19
Lorna	Schwimmen	5 Fuß 5 In.	17
Norbert	Fechten	5 Fuß 11 In.	20
Olive	Radfahren	5 Fuß 7 In.	18
Paul	Tennis	5 Fuß 9 In.	16

Seite 65

Vorratskäufe – Um nach Hause zu kommen, muss Passepartout zwei Meilen nach Westen gehen.

Pinselstrich – Option A, das Set mit den 8 Pinseln, ist die günstigste Option.

Seite 66

Bei der Arbeit

Name	Beruf	Alter
Albert	Schuhputzer	11
Ernest	Schornsteinfeger	15
John	Laufbursche	13

Seite 67

Das ist nicht mein Schiff

Schiff E

Seite 68

Magisches Jahr – Die Jahreszahl ist 1828: In diesem Jahr wurde Jules Verne geboren.

21	22	24	27
26	29	19	20
17	18	28	31
30	25	23	16

Seite 69

Wie Schiffe in der Nacht

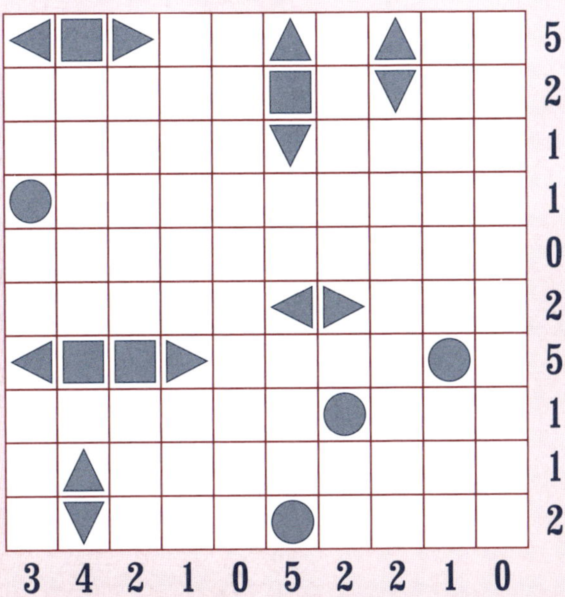

Seite 70

Die *General Grant* –

1) Die Pacific Mail Steamship Company
2) 2500 Tonnen
3) Drei
4) 21 Tage

Seite 71

Sicherheit durch Zahlen – Das Jahr ist 1885.

8	5	3	2	3	3	8	4	1	3	2	1
2	7	6	5	3	8	6	5	3	4	2	1
8	7	6	7	6	4	2	1	1	1	6	2
7	2	5	8	2	5	5	6	8	2	7	6
6	1	3	4	6	8	7	7	5	3	9	3
4	8	1	7	3	8	4	4	6	1	8	7
2	2	7	2	6	2	7	3	8	2	7	5
3	8	2	1	3	2	1	2	2	1	9	9
7	8	8	4	2	1	5	1	4	6	7	1
5	7	8	2	6	4	7	8	3	2	7	5
6	7	2	3	7	2	6	6	2	8	5	0
6	7	8	2	4	3	2	3	5	7	7	9

Seite 72

Kabinennummer – 376. Eine Möglichkeit, zu diesem Ergebnis zu gelangen, besteht im Notieren aller Kombinationen aus drei Ziffern, die zusammen 16 ergeben. Danach zieht man die Kombinationen ab, bei denen die größte der drei Ziffern nicht in der Mitte steht, und schaut zuletzt nach zwei aufeinanderfolgenden Ziffern.

Kuchenrätsel

31 Schokoladenkuchen und 60 Zitronenkuchen

Seite 73

Die Welt der Fabriken – Das Prinzip besteht darin, dass jede Zahl die Summe der beiden Zahlen direkt unter ihr ist. Die gesamte Anzahl aller errichteten Fabriken beträgt also 291 + 326 = 617.

291 326

136 155 171

66 70 85 86

37 29 41 44 42

27 10 19 22 22 20

22 5 5 14 8 14 6

Seite 74

Schnellschach – Drei

Jahr um Jahr – Die nächste Zahl ist 2026: Die Zahlen steigen um 74, dann um 75, dann um 76 und dann um 77 an.

Seite 75

Hauptstadträtsel – Neunmal

I	L	I	N	L	L	U	I	L	N	N
U	U	D	I	U	L	D	I	N	L	N
N	L	U	L	I	D	U	N	L	I	N
N	I	I	B	D	U	B	D	D	N	I
N	N	N	U	D	B	L	U	L	I	N
I	I	I	D	N	L	I	B	L	U	N
L	L	L	I	N	I	N	L	U	B	D
B	B	B	B	U	N	I	I	U	U	D
U	U	U	L	U	B	B	N	I	U	D
D	D	D	I	N	D	L	I	N	D	L
D	U	B	L	I	N	D	D	I	N	L

Seite 76

Eine Fliege im Kakao – Ohne dass sein Diener es bemerkte und in einem Akt ungewöhnlicher Spontanität hatte Fogg seinem Kakao ein wenig Brandy hinzugefügt – und während er das getan hatte, hatte er die Fliege bemerkt. Als der neue Kakao dann nach Brandy schmeckte, wusste Fogg, dass sein Diener nur die Fliege entfernt hatte.

Sonntagsgottesdienst – Die Predigt dauerte 27 Minuten (30 Prozent von 90 Minuten). Der restliche Gottesdienst dauerte daher eine Stunde und drei Minuten.

Seite 77

Viktorianische Autoren

Die drei Figuren sind Aouda, Passepartout und Fix.

B	R	O	W	T	A	R	R	A	C
N	O	I	N	H	O	O	L	L	U
T	E	N	G	A	C	K	N	D	A
S	T	E	V	E	Y	E	O	S	N
H	A	R	D	N	A	R	S	P	I
A	S	S	Y	S	O	N	Y	P	K
E	P	A	L	L	E	W	N	O	H
R	T	S	S	E	T	E	N	O	U
T	R	O	F	I	T	S	I	C	I
E	L	I	O	T	X	N	E	K	D

Seite 78

Eine Frage der Klasse

Name	Klassenraumfarbe	Unterrichtsjahre
Mrs Moore	Orange	7
Mrs Robinson	Lila	5
Mrs Shaw	Gelb	3

Seite 79

Zeit ist das Wichtigste

Dies ist ein Kreativrätsel. Es gibt also keine richtige oder falsche Antwort.

Seite 81

Einer ist falsch

Die Tür passt nicht in die Reihe. Alle anderen Gegenstände haben etwas mit Geräuschen zu tun, eine Tür (meistens) nicht.

Seite 82

Keinen Rosenkohl, bitte!

Es waren ursprünglich 48.

Seite 80

Auf Linie gebracht

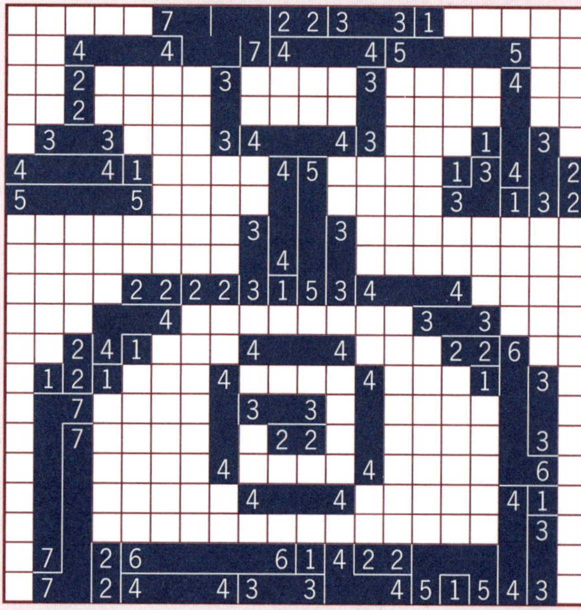

Seite 83

Aus dem Gefängnis

1) Einmal
2) 80. Tag, 11.40 Uhr vormittags
3) Um zwei Stunden
4) Um 2.33 Uhr

Seite 84

Pfeil-Sudoku

2	4	8	3	1	6	9	5	7
1	6	7	9	5	2	4	3	8
5	9	3	4	8	7	2	6	1
4	2	6	1	3	9	8	7	5
8	7	9	6	2	5	1	4	3
3	1	5	8	7	4	6	2	9
9	5	2	7	6	8	3	1	4
6	8	1	5	4	3	7	9	2
7	3	4	2	9	1	5	8	6

Seite 85

Mince Pies – Die ersten fünf Männer nahmen jeweils einen Mince Pie aus dem Korb. Der sechste nahm den Korb selbst, in dem der letzte Mince Pie lag. Es war also noch einer im Korb, bevor der sechste Mann ihn herausnahm und ihn etwas später aß.

Städtetrip

Name	Lieblingsstadt	Jahreszeit
Aouda	San Francisco	Sommer
Fogg	Yokohama	Herbst
Passepartout	New York	Winter

Seite 86

Auf nach Bordeaux!

B	A	D	R	U	X	E	O
E	O	U	X	R	D	A	B
X	E	R	O	D	U	B	A
U	B	A	D	X	E	O	R
A	X	O	U	E	B	R	D
D	R	B	E	O	A	X	U
O	D	X	A	B	R	U	E
R	U	E	B	A	O	D	X

Seite 87

Süße Erinnerungen – Es ist ihr 16. Hochzeitstag. Die Gleichung, die es zu lösen gilt, lautet $(n - 10) \times 2 + \frac{1}{4} n = n$, wobei n die Zahl des Hochzeitstags ist.

Telefonanruf

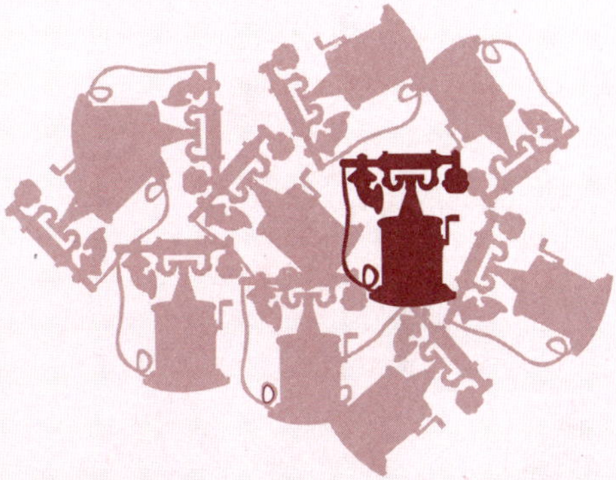

Seite 88

Brettspiel

2	3	4	1	6	5
5	6	1	4	2	3
6	4	5	3	1	2
3	1	2	6	5	4
4	2	6	5	3	1
1	5	3	2	4	6

Seite 89

Frühjahrsputz – Passepartout hatte gesehen, dass Foggs Gesicht verdreckt war und deshalb angenommen, dass seines auch so aussah. Er hatte jedoch nicht bedacht, dass der Straßenstaub trocken war und Fogg sein Gesicht unmittelbar vor dem Ausgehen gewaschen und eingecremt hatte. Der Staub war an der etwas klebrigen Creme haften geblieben, während Passepartouts Gesicht trocken und somit sauber war.

Buchstabencode – Strand = 500 Punkte. Der Zahlenwert ein jeden Figur ergibt sich aus der Summe aller römischen Zahlen, die im Namen enthalten sind.

Seite 90

Nennen Sie mich Jean

Seite 91

Der große Diebstahl

a) 1 100 000 Schilling
b) 13 200 000 Pennys

Höhenangst – Nicht das Mädchen, das sein Zimmer im 10. Stock gereinigt hatte, war aus dem Fenster gefallen, sondern ein Mädchen im ersten Stock. Der laute Knall, der nur durch etwas hatte verursacht werden können, das aus großer Höhe herabfiel, stammte vom Eimer eines Fensterputzers, der außen am Gebäude arbeitete und den Eimer hatte fallen lassen. Mit dem leichten, dumpfen Geräusch, das das Mädchen aus dem ersten Stock verursachte, als es aus dem Fenster fiel, hatte dieser Aufprall nichts zu tun.

Seite 92

Zeitreise – Ohne es zu wissen, hatte Fogg einen Tag gewonnen, weil er konstant in östlicher Richtung gereist war. Im Roman heißt es hierzu: *„Tatsache ist, dass Phileas Fogg ostwärts der Sonne entgegen gereist war und folglich die Tage für ihn bei jedem Grad, welchen er in dieser Richtung vorwärts kam, um vier Minuten kürzer wurden. Nun zählt man rings um die Erde dreihundertsechzig Grade, was mit vier Minuten multipliziert genau vierundzwanzig Stunden ergibt – sodass also unmerklich dieser eine Tag gewonnen wurde. Mit anderen Worten: Während Phileas Fogg auf seiner Reise nach Osten die Sonne achtzigmal über den Meridian gehen sah, war dies bei seinen Freunden, die in London geblieben waren, nur neunundsiebzigmal der Fall.“*

Seite 93

Geliebte Aouda

```
  A O O O D       D A D O O
A A A D A D D   A A U A A U D
O O U D U A D O A O O D A D A
D U U D A D A U D D O A O A U
A A D D A O O A O O U D A U U
U D A A O A U A U A U A D A O
A U A D O A A O A A D O O A U
D A A A O O D O A O A U D A O
  A O U U O U A O A D O O O
    D O A D U A U O D D A
    D A A U D U A A A A
        D O U U U A D
          A A O D A
            U U A
```

Seite 94

Schokoladen-Fix

Seite 95

Tierisch schwer – 150/8 ergibt 18,75, und drei Viertel von acht sind sechs. Der Name des 150. Tiers beginnt also mit dem sechsten Buchstaben der Reihenfolge, einem P.

Seite 96

Bordbeleuchtung

Die Ursache war ein Phänomen namens Elmsfeuer. Bei starker elektrischer Spannung wie etwa bei einem Gewitter entsteht manchmal ein helles Licht um einen spitzen oder scharfen Gegenstand herum. Elmsfeuer kamen zuweilen bei Schiffen auf hoher See vor und wurden, bevor eine wissenschaftliche Erklärung vorlag, mit religiöser Ehrfurcht wahrgenommen.

Seite 97

Die Brontës

O	B	O	T	T	T	O	N	N	B	N	R	N	N	T
B	O	O	T	T	R	N	O	O	O	N	R	O	B	B
N	R	E	N	R	R	T	N	N	N	O	O	E	O	T
T	N	R	T	T	E	T	E	E	B	E	R	B	B	T
E	T	N	T	N	E	T	O	N	E	O	R	N	O	E
O	E	O	E	R	B	B	E	O	N	T	O	T	T	R
E	N	E	T	O	T	R	T	N	B	N	T	O	T	E
T	O	R	T	T	N	E	O	R	R	R	N	E	N	R
T	R	R	E	O	N	E	E	B	E	N	B	O	T	N
E	O	O	R	E	T	R	T	E	N	O	T	B	T	T
R	B	R	O	B	B	R	O	B	N	T	T	N	E	N
B	N	T	E	T	O	N	T	T	B	N	N	R	O	R
R	T	O	R	O	N	T	T	O	T	E	B	T	O	R
R	T	T	N	E	R	N	T	E	E	O	O	T	N	R
T	R	T	T	R	N	B	R	E	E	O	E	R	O	T

Seite 98

Namensrätsel – Jean: 5, Aouda: 2, Fogg: 10, Fix: 6

Gefängnisausbruch – Es wäre in der Tat sehr schwierig gewesen, aus der Gefängniszelle auszubrechen, die natürlich stark gesichert war. Es fiel ihm trotzdem sehr leicht, die Zelle zu verlassen, denn er war noch nicht drin, als Detektiv Fix erfuhr, dass der wirkliche Dieb ein paar Tage zuvor überführt worden war. Fogg wurde daraufhin entlassen.

Seite 99

Glückskekse – Den 24. November. Er besucht sie jeden zweiten Monat und zählt die beiden vorigen Tage zusammen: 9 + 15 = 24.

Seite 100

Ein neues Kapitel

1) Sheridan
2) Byron
3) Lincoln's und Gray's
4) Saville Row Nummer 7, Burlington Gardens

Seite 101

Modebewusst

1) Haube
2) Rot
3) Zylinder

Seite 102

Glücklich bis an ihr Lebensende? Dies ist ein Kreativrätsel. Es gibt also keine richtige oder falsche Antwort.

Seite 103

Natural History Museum – Sowohl der Verdächtige, der 5 Fuß 6 In. groß ist, könnte der Dieb sein, als auch ein Verdächtiger, der 5 Fuß 3 In. groß ist.

Seite 104

Fogg im Nebel

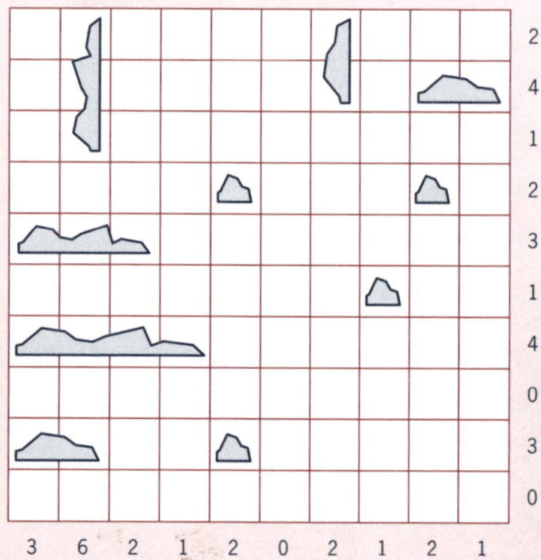

Seite 105

Erfindungen

Foto und Briefkasten, Briefmarke und Gummireifen

Seite 106

Geld auf dem Konto – Rund 36 000 Pfund. Nach einem Jahr hätte er 600 Pfund Zinsen gehabt. Im zweiten Jahr hätte das Kapital 20 600 Pfund betragen und 618 Pfund Zinsen gebracht. Da die Zinsen jedes Jahr reinvestiert werden, steigen auch jedes Jahr das Kapital und die Zinssumme. In 20 Jahren hätte Fogg sein Geld also fast verdoppeln können.

Seite 107

Passagierzahlen – Es sind 48 Passagiere auf der *General Grant* (und 32 auf der *China*).

Seite 108

Rote Karten – Aouda hat dann die vier Karten, die sie weggenommen hat.

Schulgeld – 14 Schüler – und der 14. von ihnen erhielt 14 Pence.

Seite 109

Droschkenkutscher – Passepartout fiel plötzlich ein, dass der Kutscher gehört haben musste, wie Fogg zu ihm sagte: *„Zur Charing Cross Station, bitte“*, als sie einstiegen. Der Kutscher hätte es nicht von Foggs Lippen ablesen können, denn er schaute nach vorn, als Fogg ihm das Ziel nannte.

Salatverwirrung – Er hatte gar keine Artischocken. Das dritte Gemüse war Spargel.

Seite 110

Wann treffen wir drei wieder zusammen? – Alle 168 Tage. 168 ist das kleinste gemeinsame Vielfache der Zahlen 6, 7 und 8.

Seite 111 **Süße Träume**

Name	Süßigkeit	Tütenfarbe
Rosa	Toffees	Grün
Rosetta	Zitronensorbet	Rosa
Rosina	Bonbons	Blau

Seite 112

Temperaturmessung

2	8	1	6	3	4	5	9	7
5	6	3	9	7	1	8	4	2
9	7	4	8	5	2	3	6	1
6	1	7	4	9	5	2	3	8
8	5	9	3	2	6	7	1	4
4	3	2	1	8	7	9	5	6
1	2	5	7	6	3	4	8	9
3	9	6	2	4	8	1	7	5
7	4	8	5	1	9	6	2	3

Seite 113

Der goldene Globus – Der Umfang des goldenen Globus beträgt 2 × Pi × Radius, also 2 × 3,14 × 6 (Hälfte des Durchmessers von 12 Inches) = 37,68 Inches. 5 Inches entsprechen demnach 5/37,68 von 24 901 Meilen, d. h. 3304 Meilen.

Seite 114

Zu viele Köche …

Name	kocht für …	Art der Suppe
Jackson	Passepartout	Hühnersuppe
Johnson	Fogg	Gemüsesuppe
Thompson	Aouda	Tomatensuppe

Seite 115

Ab in die Lüfte – Ballon D

Seite 116

Schiffsbewertung – 45 Punkte: Für den ersten Buchstaben des Wortes gibt es einen Punkt, für den zweiten zwei und so weiter.

Scheunensturm – Detektiv Fix war Mitglied einer Amateurtheatergruppe und hatte in der letzten Szene eines Kriminalstücks mitgespielt.

Seite 117

Saucenzug – Vergangene Zeit = 27/45 = 0,6 Stunden = 36 Minuten. 6/10 × 5 = 3 Pfund verschwundenes Pulver, d. h. 397 Pfund befinden sich noch im Fass.

Seite 119

Hauptverdächtiger – Fix war aufgefallen, dass der Mörder sich Daten aussuchte, die in ausgeschriebener Form Primzahlen ergaben: Der 31. Januar entspricht 131, der 11. Februar 211, der 23. Februar 223 und der 27. Februar 227. 1869 ist kein Schaltjahr, also kann der Täter am 29. Februar (229) nicht zuschlagen. Das nächste Datum, das einer Primzahl entspricht, ist dann der 7. März (307). Und am 11. März (311) sorgt Fix für massive Polizeipräsenz.

Seite 118

Ballonbesitzer

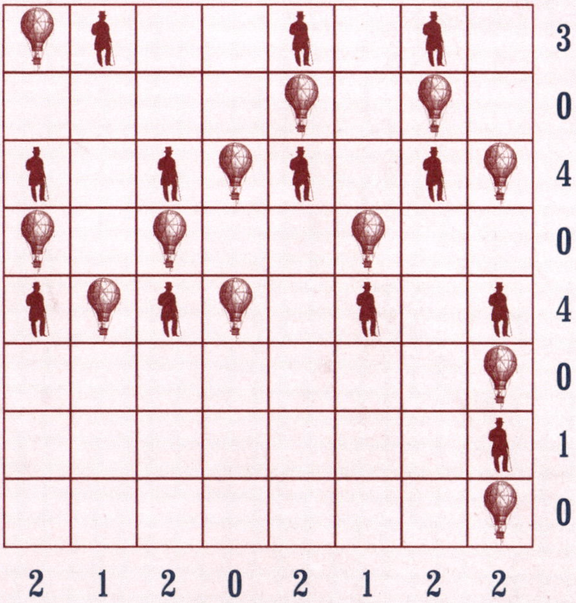

Seite 120

Telegrammkosten – 10 Worte zu 1 d + 10 Worte zu 0,9 d + ... + 10 Worte zu 0,1 d = insgesamt 55 d, also 4 Schilling und 7 Pence.

Jung im Herzen – Sir Francis wurde an einem 29. Februar geboren. Also konnte er seinen Geburtstag erstmals vier Jahre später feiern, das zweite Mal acht Jahre später und so weiter.

Seite 121

Schachpartie

46	45	44	43	42	41	40	39	37	36
47	49	50	51	52	53	54	55	38	35
48	68	67	66	65	64	59	58	56	34
69	70	71	89	90	91	63	60	57	33
73	72	88	13	11	10	92	62	61	32
74	87	14	12	3	1	9	93	94	31
75	86	15	5	4	2	8	97	95	30
76	84	85	16	6	7	100	98	96	29
77	83	82	81	17	21	23	99	28	27
78	79	80	18	19	20	22	24	25	26

Seite 124

Samuel Fallentin

A	L	S	U	E	M
U	E	M	A	S	L
M	A	E	S	L	U
S	U	L	E	M	A
L	S	A	M	U	E
E	M	U	L	A	S

Seite 122

Auf der *China* nach Liverpool – Das Wort „China" findet sich elfmal im Raster.

Seite 125

Verwirrung im Hotel – Hätte er wirklich gedacht, es sei sein Zimmer, hätte er nicht geklopft, sondern versucht, die Tür mit seinem Schlüssel zu öffnen.

Nicht bekannte Unbekannte – Eine Überraschung

Seite 123

Plauderei nach dem Essen

Name	Lieblingsessen	Lieblingsdrink
Fallentin	Huhn	Portwein
Stuart	Lamm	Brandy
Sullivan	Steak	Sherry

Seite 126

Heimweh in Zahlen – 3240 Mal. Die Reise dauert 80 Tage, beginnend mit Tag 1 und endend mit Tag 80. Die Summe der Zahlen 1–80 ist daher (80 × (1 + 80)) / 2.

Seite 127

Jede Menge Heißluftballons

Seite 128

Allerlei Licht

Seite 129

Eine Partie Whist

Norden: Geistlicher
Osten: Steuerinspektor
Süden: Fogg
Westen: Brigadegeneral

Seite 130

Farbenfrohe Kunst – Indigo. Der Künstler orientierte sich an den Farben des Regenbogens und ersetzte jede Farbe in der Reihenfolge Rot, Orange, Gelb, Grün, Blau, Indigo und Violett durch die nächstfolgende.

In der Klemme – Die einzige Information, die sie hatten, war die, dass der Verdächtige männlich war. Die drei weiteren Personen im Haus waren alle weiblich.

Seite 131

Im Bann der Zeit – Zwischen 9.59 Uhr und 10.01 Uhr beträgt der Abstand nur zwei Minuten. Der größte Abstand ist der zwischen 1.01 Uhr und 12.21 Uhr – 11 Stunden und 20 Minuten.

Seite 132

Im Irrgarten

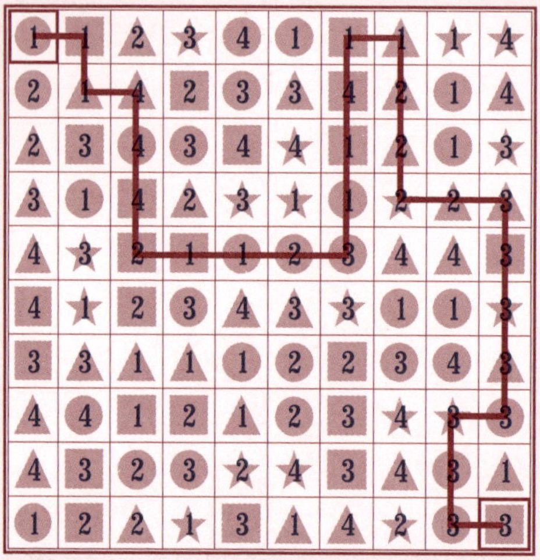

Seite 133

Dem eigenen Schwanz nachjagen

Seiten 134–137 **Figurensuche** und **Festnahme** – Diese Rätsel sind verteufelt schwierig, und die Antworten finden sich ganz am Ende des Buches.

Seite 138

Dünne Luft – Er sollte 200 Pfund Ballastsand mitnehmen.

Seite 139

Mörderfrage – Der Mann hatte seine Cousine geheiratet, und der Großvater, den er tötete, war zugleich der Großvater seiner Frau.

Maultierritt – Fogg braucht 15 Minuten zum Bahnhof und Passepartout zehn Minuten. Da Fogg also fünf Minuten länger braucht, aber nur vier Minuten früher losgeritten ist, kommt Passepartout als Erster am Bahnhof an.

Seite 140

Wie spät ist es? – 5.27. Von Uhr zu Uhr verringert sich die angezeigte Zeit um eine Stunde und 43 Minuten.

Seite 141

„J“ wie „Jules“

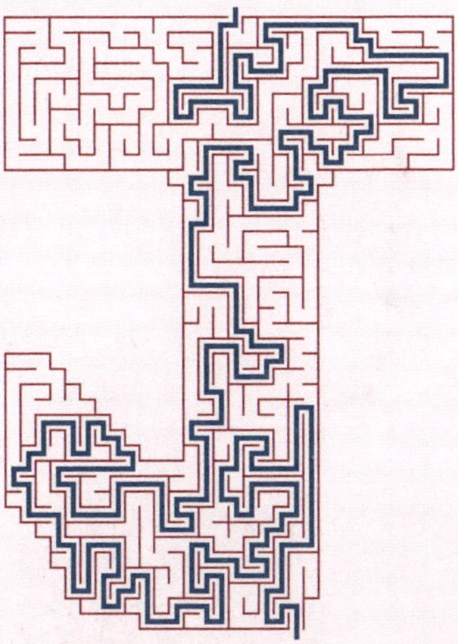

Seite 142

„V“ wie „Verne“

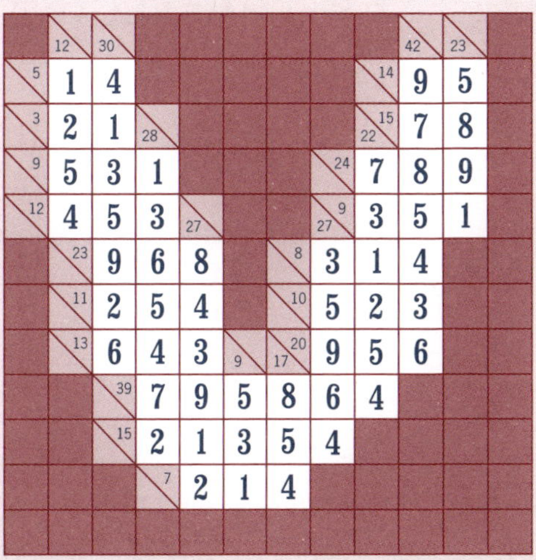

Seite 143

Schiff verpasst

1) Fünf oder sechs
2) Wüste
3) Am Morgen des 13.
4) In der Bucht von Yeddo

Seite 144

Rosen sind rot, Veilchen sind billiger

10 Rosen und 25 Veilchen

Seite 145

Kunststück mit Korken

Anstatt den Korken aus der Flasche zu ziehen, drückte er ihn nach unten durch den Flaschenhals ins Innere der Flasche und konnte so die Münze wieder herausholen.

Seite 146

Schachfiguren

A = Turm
B = Läufer
C = König
D = Springer
E = Königin

Seite 147

Mit dem richtigen Fuß voran

1152 Schritte insgesamt, daher:

25 Prozent = 288 Schritte à 12 Inches

50 Prozent = 576 Schritte à 14 Inches

25 Prozent = 288 Schritte à 15 Inches

Entfernung: 3456 + 8064 + 4320 = 15 840 Inches = 1320 Fuß = ¼ Meile

Seite 148

Hausbesitzer – 9 d. Er lebte im Haus Nummer 121 und wollte Ziffern für seine Hausnummer kaufen. Jede Ziffer kostete 3 d.

Seite 149

Rechnen mal anders

7	+	6	÷	1	13
−		+		−	
3	×	4	+	9	21
×		÷		×	
5	+	2	+	8	15
20		5		-64	

Seite 150

Im Tempel

A N J
J N J N A
N J N E A
E E E E A J N
E J A E A E J
E E N J E A J E A
A E A A E A J J E
E J E N N A N J N
N E E A E A E E N A E
J J E E N A J N N N N
E J E N J E J E E N E
A J N E A A J J N N E N N
J N J N A A E J N N J A E
E J N A J N J J N J J J J N N
A N J A A A N E E J A N A E A

Seite 151

Verloren im Labyrinth – Fix wurde klar, dass seine Kollegen es deshalb nicht durch den Irrgarten geschafft hatten, weil es unmöglich war. Doch ihm wurde auch klar, dass die Kursleiter lediglich gesagt hatten, die Teilnehmer sollten vom Eingang des Labyrinths zum Ausgang gelangen. Sie hatten nicht gesagt, dass man dafür durch das Labyrinth gehen sollte. Also ging er um das Labyrinth herum zum Ausgang und konnte so die Aufgabe lösen. Es ging bei dieser Übung darum, sich auf ungewohnte Denkweisen einzulassen und keine Vermutungen anzustellen. Beides konnte Fix in seiner Arbeit als Detektiv nur nützlich sein.

Seite 152

An der Wurflinie – 159 ist die niedrigste Punktzahl, mit der ein Spieler nicht rausgehen kann.

Seite 153

Eine verlorene Wette – Dies ist ein Kreativrätsel. Es gibt also keine richtige oder falsche Antwort.

Seite 154

Mit leichtem Gepäck

1) Zwei Hemden und drei Paar Socken für jeden, also insgesamt vier Hemden und sechs Paar Socken
2) Fünf Jahre
3) Um acht Uhr
4) Reiseumhang

Seite 155

Der merkwürdige Ballon – Der Ballon war nicht aufgeblasen.

Fünf Brüder – Er spielte Schach mit Bill, denn Schach ist ein Spiel für zwei Personen.

Seite 156

Erste Eindrücke

Seite 158

Von London nach Suez

	S		S	U	E		
U		U	S		E	Z	
S	S			U	Z	E	E
Z	Z	E		S		U	
E	E		U	Z	S		S
		S	Z	E	U		
U	U	Z	E			S	
			E	E	U		

Seite 159

Buch der Richter – Mr Oysterpuff brachte ein Buch in die Bibliothek zurück, um das ihn Richter Obadiah zuvor gebeten hatte. Er hatte die Leihfrist überschritten, also gab er dem Bibliothekar das Geld für die Mahngebühren. Er kaufte also kein Buch.

Seite 160

Gasrechnung – 1280 × 3 d = 3840 d = 320 Schilling = 16 Pfund

Seite 161

Springerstudium

28	31	58	35	2	33	68	9	4	7
59	36	29	32	87	56	3	6	67	10
30	27	86	57	34	1	88	69	8	5
37	60	39	90	85	96	55	66	11	70
26	41	48	95	62	89	84	97	54	65
47	38	61	40	91	98	79	64	71	12
42	25	46	49	94	63	100	83	78	53
19	22	43	92	99	80	77	74	13	72
24	45	20	17	50	93	82	15	52	75
21	18	23	44	81	16	51	76	73	14

Seite 162

Sandschlange

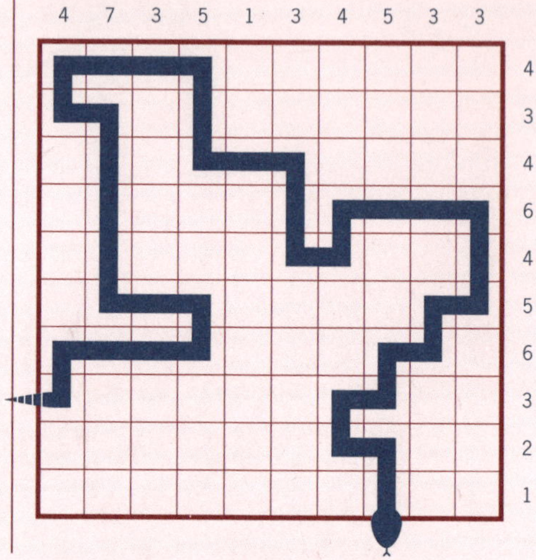

Seite 163

Mustererkennung

Seite 164

Ein sicherer Trick – 2983

Seite 165

Obstsalat

a) 32 Kirschen
b) 20 Kirschen

Was kommt als Nächstes? – 2. Die Reihenfolge ist 4 abziehen, durch 4 teilen, 4 abziehen, durch 4 teilen usw.

Seite 166

Ballonsterne – B. Die Sterne sind an vier verschiedenen Stellen auf den Ballons aufgebracht und bewegen sich von Stelle zu Stelle im Uhrzeigersinn. Auf jedem Ballon behält ein Stern seine vorherige Position, während der andere Stern sich um eine Position weiterbewegt.

Seite 167

Phileas Fogg

P	A	I	H	L	E	S
E	H	P	I	S	A	L
I	S	L	A	E	H	P
H	P	E	S	I	L	A
S	I	H	L	A	P	E
L	E	A	P	H	S	I
A	L	S	E	P	I	H

Seite 168

Zahlen und Felder – Die Ziffern in den hellroten Feldern ergeben die Zahl 1920. So viele Stunden haben 80 Tage.

2	6	4	2			1	9	4		4	7	8
4	3	9	7	7		5	0	8		3	7	3
1	6	7	6	0		7	2	8	3	4	4	8
4	0	8	2	0	8		7	1	7			
			5	4	7	8		1	6	0	4	6
	2	3	2	1	7	6	8		3	9	0	6
4	7	6		2	3	3	4	2		8	9	5
8	8	7	5		1	6	5	1	0	6	3	
1	7	4	2	4		6	9	3	3			
			8	4	7		3	2	4	2	3	4
0	6	7	7	7	8	3		2	3	2	9	0
3	7	0		3	5	5		2	5	3	1	2
1	4	0		5	5	6			9	7	4	9

Seite 169

Müde, matt, marode – Vier Stunden entsprechen 240 Minuten. In der ersten Nacht schläft er also zwölf Minuten länger. Schliefe er jede Nacht jeweils zwölf Minuten länger, so könnte er in der letzten Nacht genau fünf Stunden schlafen. Jedoch bekommt er pro Nacht eine Art „Zinseszins", d. h. seine zusätzliche Schlafenszeit erhöht sich jede Nacht ein wenig, was bedeutet, dass er nach den fünf Tagen mehr als fünf Stunden pro Nacht schläft.

Seite 170

Kopf oder Zahl – Captain Speedy braucht die Münzen einfach nur in zwei Häufchen aufzuteilen, die dem Verhältnis 60 : 20 entsprechen. Er bildet also ganz wahllos aus 60 Münzen den einen Stapel und aus 20 Münzen den anderen. Dann dreht er jede Münze im 20er-Stapel um, sodass sich dort auch das Verhältnis Kopf zu Zahl umkehrt. Im Endeffekt liegen nun in beiden Häufchen gleich viele Münzen mit der Zahl nach oben, unabhängig davon, wie die ursprüngliche Verteilung in den beiden Häufchen aussah.

Seite 171

Weltreise – Russland. Die Länder werden zunehmend größer, und die Reihe endet mit dem geografisch größten Land der Erde.

Seite 172

Die Welt ist klein – 17 417 Meilen. Der kleinere Umfang ergibt sich aus der Formel 2 × Pi × 0,7 × 3960.

Seite 173

Die große Ungleichheit

4	5	6	1	3	2
2	3	1	6	5	4
5	1	2	3	4	6
3	6	4	5	2	1
6	4	5	2	1	3
1	2	3	4	6	5

Seite 174

Ein großes Jahr – Der Code lautet 1872 und entspricht dem Jahr, in dem der Roman *In 80 Tagen um die Welt* spielt.

Seite 175

My Home is my Castle

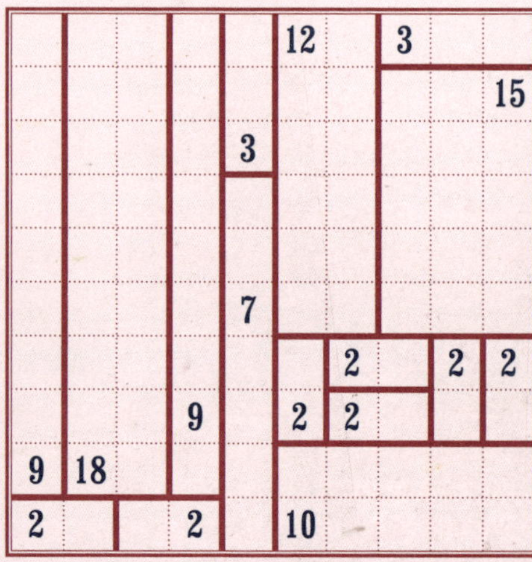

Seite 176

Viktorianische Erfindung

Hochrad

Seite 177

Vorbeigeflattert

D

Seite 178

Zehn zu Eins

3	9	2	1	6	5	4	8	7
1	6	8	2	4	7	3	5	9
4	7	5	8	9	3	1	6	2
2	1	9	5	8	4	6	7	3
8	3	7	6	1	2	9	4	5
5	4	6	3	7	9	2	1	8
9	2	4	7	5	1	8	3	6
6	5	1	9	3	8	7	2	4
7	8	3	4	2	6	5	9	1

Seite 179

Kartenrätsel

6♥	7♦	9♣	8♠
8♣	9♠	7♥	6♦
7♠	6♣	8♦	9♥
9♦	8♥	6♠	7♣

Seite 180

Beste aller Wetten

7/2 (Option c) verspricht den höchsten Gewinn und ist daher die beste Wette.

Seite 181

Durchs Labyrinth in 80 Schritten

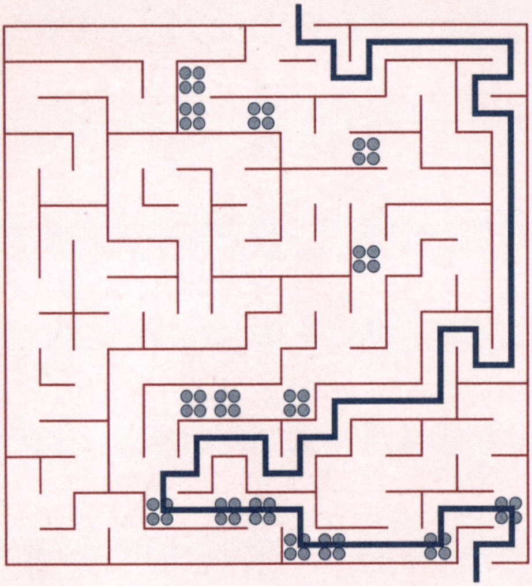

Seite 182

Farm der Tiere – Bison B

Seite 183

Jules Verne

S	E	U	L	J
E	J	S	U	L
J	S	L	E	U
U	L	J	S	E
L	U	E	J	S

Eine einprägsame Summe

34 (15 + 19)

Seite 184

Seien Sie pünktlich! – Passepartout soll Fogg zu der Zeit treffen, die auf Uhr 2 angezeigt wird, um zehn Minuten nach sechs.

37	130	54	171	45	198	180	45	36	27	23	194	49	157	112
21	129	90	81	99	54	45	72	99	153	171	118	88	138	107
21	182	100	96	84	66	112	106	145	27	45	63	174	24	165
50	196	194	52	12	7	79	127	166	171	72	144	141	173	44
129	102	190	157	89	15	145	149	81	54	45	140	196	145	107
119	178	148	15	46	143	147	36	117	90	45	141	94	79	74
70	94	192	112	172	16	171	9	189	153	150	29	157	105	128
11	104	8	71	131	45	18	144	125	35	1	103	199	23	195
122	100	47	68	36	18	126	95	192	160	103	115	113	157	40
183	95	167	81	72	81	175	83	20	47	30	169	179	177	30
20	8	45	99	45	88	167	190	33	172	142	17	192	25	16
29	108	198	180	28	182	166	33	55	15	94	184	56	159	98
21	81	45	99	78	168	166	89	3	78	33	83	8	101	151
33	36	72	45	135	198	144	171	90	99	162	171	146	106	67
97	180	180	63	180	108	117	9	126	36	189	18	115	190	29

Seite 185

Veränderte Muster – Option 4

VERTEUFELT SCHWIERIGE LÖSUNGEN